左遷、最果てのパラダイスへ

Paradise Close to the Edge

木山空
KIYAMA SORA

幻冬舎 MC

左遷、最果てのパラダイスへ

プロローグ

机の周りを片付けて部屋から出ようとしたとき、机の上に取り残された電話に、メッセージランプが点滅していることに気がついた。今日は吹田営業所を去る日だ。引き継ぎのメッセージだろうと思い再生ボタンを押す。しばらくして、突然流れ出したのは予想外のピアノの音。意外な成り行きに驚き、もう座ることがなかったはずの席に座り直した。聴き覚えのある心に染み入る曲が、ゆっくりと空っぽの僕の心に降り積もっていく。曲名は分からない。一曲終わると今度は別の曲だ。これは少し前にときどき耳にした曲？　曲名はやはり分からない。ピアノの音が消えた後に言葉は続かない。退職の日に留守電にピアノ？　何かの間違いで迷い込んだとも思えない。これは一体何だろう。もう一度再生して、今度は持っていたスマホで録音した。誰からだろうか？　何か意味のあるメッセージなのだろうか？

東京で大手自動車メーカーの販売系列社に就職した後、自ら希望して子会社の中古車ディーラーに出向してこの大阪にやってきたのは3年前、20代最後の春だった。そして夏の盛りの金曜日の今日、東京に戻れば来週からは沖縄の浦添営業所に転勤だ。3年前にここに来たときは本当にやりたい仕事ができると思い意気揚々だったが、吹田営業所を去る今日の僕はまるで深く海の底にでも沈んでしまっているような気分だ。沖縄か、その先はもうないな。しかし、大学時代に友達と一緒に遊びに行った沖縄の記憶はただただ限りなく青く、美しい。行けばなんとかなるかもしれないという儚げな期待はある。

目次

東京編

爽やかで平和な初夏の朝。

突然、それまでの静けさを切り裂くように鋭い金属音が接近し、次の瞬間にガシャーンという衝撃音。何事かと思って振り返るとショーウインドーのガラスに黒い外車が突っ込み、割れたガラスが粉々にフロアに飛び散っている。幸い開店前だったので人はまばらで怪我人もない。車の方に駆け寄って行くと、衝突でフロントが大破した車からサングラスをかけた白いスーツの若い男が降りてきた。

「悪りぃ、悪りぃ。ぶつけちゃった。後で弁償するから、急いで何か代車出してくれない？」

「君ね、何をふざけたこと言ってるんだ。どんな運転をしたらこんなところに突っ込めるんだ？」

「今日は本命の彼女とデートなんだよ。カッコいいスポーツタイプの代車出してくれよ」

「冗談じゃない。この状況で君は一体何を言ってるんだ。頭イカれているのか？　デートどころか、すぐに警察を呼びます」

と僕が言ったら、奥の部屋からフロアマネージャーが慌てて飛び出してきた。

「角野《すみの》君、その人の言う通りにするんだ」

「何を言ってるんですか。代車って、彼の車は当社の車ではなく外車ですよ。それに事故だから警察を呼ばないと」

「幸い怪我人もいないし、弁償するとおっしゃっているので、早く代車をお出しして」

「ほらね。その人の言う通りにしろよ。スポーティでカッコいい車がいいな。色は黒がいいけど、贅沢は言わないよ」

とんでもない物言いに呆れ、僕がさらに何か言おうとしているとマネージャーの黒川は少し離れたところに僕を引っ張っていって小声で説明した。

「あの方のお父様の会社にはいつも車をたくさん買ってもらっているんだ。理不尽だと思うだろうけど、とにかく早く代車を用意してくれ。確かツーシーターのオープンカーがあったはずだ」

仕方なく地下に行ってツーシーターのオープンカーを持ってきて、車のキーをその若い軽薄そうな男に渡した。

「ありがとう。やればできるじゃないか。黒じゃないけど、ガンメタだからまぁいいかな」

まぁいいかなじゃないよと心の中で毒づいている僕の横で黒川マネージャーがへりくだっている。

「坊ちゃん、気をつけて運転してくださいね」

「了解でーす」

全くどこまでもふざけた軽薄野郎だ。今日は朝からとんでもない日だ。

僕は大学卒業後、大手自動車メーカーの販売会社に就職し、東京で勤務した。車好きの僕は車のセールスを仕事にできることが単純に嬉しかった。内定をもらったときは思わず小躍りして喜んだものだ。そして自分では所有することがなさそうな高価な車を7年くらい売り続けた。1台売るたびに給与にインセンティブが加算されていくのも嬉しかった。

どうすれば車がたくさん売れるか、いろいろと考えた。またそのためにありとあらゆる勉強もした。夢中で車を売っていると、3年目には営業所で販売台数がトップになった。5年目には社内で1位になって表彰もされた。同期には猪田という僕と成績を競っていたライバルがいた。最初のうちは切磋琢磨して充実感を感じていたし、3年目に彼に先んじて販売台数がトップになったときは大きな喜びを感じた。

ところがあるとき、猪田が僕の顧客にこっそり僕の悪口、例えば女性関係がだらしない、嘘つきで金遣いが荒いなど虚偽の情報を吹き込んで邪魔をしようとしていることを顧客の一人から教えられた。最初は強い怒りを感じたが、すぐに自分自身が単に車を売る台数を競争しているだけになりつつあったことに気づいた。本当はお客さんが好きな車に乗って満足してくれることを目指していたはずだ。それなのに、いつしか成績だけを追い求めるようになっていた自分は、卑怯な真似をしてでも成績を伸ばしたい猪田と大きな差はなかった。

もう一つ僕を後ろ向きの気分にさせることがあった。それは、500万円以上もする高級車に試乗もしないで購入するお客さんが結構多く、中には車も見ないで購入する人もいることだ。また、税金対策のために定期的に新しい車を購入する場合もあるようだ。この際も試乗はない。車が大好きな僕は、車を購入するなら安い中古車でも試乗してから購入を決めたい。もちろん、純粋に車が好きな人も来店する。そんな人に、自分ではあまり運転したいと思えない高価な車を薦めることが苦痛になってきた。さらに、そのような状況の中で起こったのが冒頭の事故だ。あんな下衆な奴にへつらって車を売る仕事をしている自分が嫌になってしまった。

そして、その翌週、決定的な出来事があり、自ら希望して系列の子会社に出向して中古車を売ることを決心した。

まだ暑い盛りの8月初旬の日曜日。雲ひとつないその日の青空はなぜか妙に印象に残っている。真夏の太陽が勢いよくアスファルトを照らしていた。仕事で煮詰まった僕は目的もなく環七沿いの中古車屋に立ち寄った。買う気がなくても中古車屋に行って試乗するのはいつものことだ。習慣といってもいい。長年乗った僕の分身とも言えるＭＲ２で中古車屋に入って行くと、若い販売員が走り寄ってきた。

「MR2のTバールーフですね。運転してみたいなぁ」

「運転してみますか？」

「でも店長に怒られます」

「僕が何か試乗した後に、『下取り予定の車が結構古いから問題ないかどうか確認するために乗ってきます』と言えばきっと店長はクリアできると思います」

「確かに！　でも本当にいいんすか？」

「いいけれど、客に向かって『いいんすか』はないでしょう」

「失礼しました。憧れの車を運転できると思うと嬉しくて。気をつけます。アドバイスありがとうございます。申し遅れましたが改めて挨拶させていただきます。亀井と申します。よろしくお願いします」

そう言いながら、濃紺の名刺入れから名刺を出して挨拶をした。若くて一見軽そうな印象だがまともな対応だ。

「僕は角野です。ところで僕に薦めたい車はありますか？」

「角野さんにはシビックTYPE R以外に考えられません」

シビックのＴＹＰＥ Ｒは凄い性能の車だと聞いていたが、新車価格が５００万円もしていたので完全に想定外の車だった。

「でも中古でも高いでしょう」

「今日ご紹介するＴＹＰＥ Ｒはフルモデルチェンジした８年前の車ですが、最大限値引きさせていただきます。角野さんのＭＲ２のＴバールーフは人気車種ですが、随分前の車なので程度がよい車はもうあまり残っていません。車の調子に問題がなければ下取り価格は相当高く、新車時の価格を超えることもあります。ですから、まずＴＹＰＥ Ｒを試乗してみてください」

結局、白いＴＹＰＥ Ｒに試乗することになった。

車に乗って、まずバケットシートのホールドがしっかりしていることに驚いた。普通の乗用車の雰囲気ではない。レーシングカーの感覚だ。エンジンをかけたときのエキゾースト音も心地よい。車を道路に乗り出して、アクセルを踏んだ瞬間に思わず「えっ」と声が出そうになった。ハンドルもサーキットを走る車のようなレスポンスだ。ギアチェンジしてトップスピードに持っていく。シフトアップしてアクセルを踏むたびに前からの重力によって背中がシートに押し付けられる。これは凄い。2000ccのエンジンで、ここまでのパフォーマンスが出せるとは驚きだ。足回りもがっちり固めてある。乗り心地は家族で使えないというほど硬くはない。欲しくなってしまった。その気持ちを見透かされたように聞かれた。

「角野さん、いかがでしょうか?」

「とてもいいね。僕の仕事は新車販売だけど、僕が売っている新車よりずっといいよ」

「え、同業者の方だったのですね。失礼しました」

「いやいや、同業者だからどうっていうことはないよ。TYPER、運転させてもらって目が醒めた。でも今日は買うつもりで来たわけではないので」

「とりあえず、見積もりだけでも出させていただけませんか? この車の価値が分かる角野さんのような人にぜひ乗っていただきたいです」

「上手なセールストークですね」

「ありがとうございます。それでは、お客さんの車に乗って下取りできるかどうか調子をみてくると所長に伝えてきます。しばらくお待ちください」

こんな会話を交わしながら、ただ単純に車が好きだった頃の自分を思い出した。ＭＲ２は２人乗りなので、家族でどこかに行くときにはタイムシェアの車を利用していた。ＴＹＰＥ Ｒは思ったよりスペースが広く、家族で乗れるのがいい。所長との交渉も終わり、鍵を亀井君に渡してＭＲ２に乗った。今度は僕が助手席だ。彼は手慣れた様子でエンジンをかけ車を走り出させた。シフトアップもスムーズで慣れた運転だ。

「状態、とてもいいですね。20年以上前の車とは思えないです。エンジンも足回りも素晴らしいです。僕が買いたいくらいです」

そう言われてとても嬉しい。免許を取ってすぐ乗り始めた車がこのＭＲ２だ。10年以上乗っているので、単なる車ではなく、もう友達のような存在だ。いや分身といってもいい。この車を手放すなんてことが本当にできるのだろうか？

この日、ＴＹＰＥ Ｒを試乗したことが決め手となった。僕は翌日、系列の中古車会社への異動を願い出た。次の日には、所長の山上さんに呼ばれて所長室に行った。

「どうかしたか？　最近は少し成績が振るわない月もあるけれど、わざわざ自分から希望して子会社に出向することはないだろう。何か困ったことでもあるのか？」

優秀な部下が相談なく会社に異動願いを出したことで自身のマイナス査定になることを恐れているのかもしれない。僕がいなくなって売り上げが下がることを避けたいという面もありそうだ。

「いえ、そういうわけではありません」

「じゃあ、どういうわけなんだ。分かるように説明してくれ」

正直なところをできるだけ理解してもらえるように説明したところ、山上所長はしばらく目を瞑って考えていた。そして目を開けて静かに言った。

「それでは、上層部には将来もっとたくさんの車を売るためにいろいろと経験を積ませて欲しいということを表向きの理由にしておくよ。それでいいな。高価な新車を売るより、安くてもいい中古車を車が本当に好きな人に売りたいという理由は、新車販売を完全に否定している。いつか本社に戻りたくなるときが来るかもしれないからな」

「ご配慮ありがとうございます。よろしくお願いします」

「それから、出向先はこれから検討するが、君はここのエースだから営業成績が上がっていない営業所にナンバー2という立場で行ってもらうことになると思う。営業成績を回復させて、また本社に戻ってくることを期待しているよ」

ありがたい話だ。所長のこと、誤解していたようだ。きっと僕のことを考えてくれているのだろう。

出向は翌年の4月であった。東京勤務を希望したのだが、売り上げが落ち込んでいる吹田営業所を助けて欲しいということで関西に行くことになった。売り上げ成績が良かった僕が自ら希望して東京本社から中古車販売会社へ出向することは、社内や顧客から驚きを持って迎えられた。何か問題を起こしたのではいう噂も流れたようだ。

妻の琴音は同じ大学の1年後輩で、同じ音楽系のサークルに所属していた。僕が2年生のときに入部してきた琴音は目がくりっとしたワンレンボブの細身の可愛い女の子だった。一目惚れした僕はすぐに交際を申し込んだ。いきなり交際を申し込まれた琴音はもちろん当惑していたが、僕が強引に誘い出して何度かデートしてガールフレンド、そして恋人と言える関係になった。僕の残りの学生時代はずっと琴音と一緒だった。琴音は浅草の和菓子屋の末っ子として生まれ、両親にとても可愛がられて育ってきたようだ。屈託のない性格の明るい女性だ。甘えん坊なところもあるが、芯はしっかりしている。

一方の僕は一人っ子として生まれ、やはり両親の愛情を一身に受けて育った。周囲の人には常に前向きで明るい性格と思われているようだが、実際は少し落ち込むことがあるだけでクヨクヨしてしまう。そんな僕が弱ったときは琴音が上手く支えてくれた。そして僕の就職を機に、僕らは結婚した。琴音はまだ大学4年生だった。自分でもしたい仕事があったと思うが、大学を卒業したら自然な感じで専業主婦になった。結婚後、5年ほどして息子の大輝《ひろき》が生まれたときは本当に嬉しかった。大阪転勤のときは大輝がまだ小さかったし、琴音の両親が近くにいる豊洲のマンションにそのまま住みたいということで、僕は単身赴任をすることになった。結婚5年目に生まれた大輝はまだ3歳になっていなかった。そして東京と大阪での別居生活が始まった。今考えると、この選択が良くなかった。

大阪編

暗転

家族と離れ初めての一人暮らしになったけれど、最初の頃はほぼ毎日のようにオンラインで琴音と大輝の顔を見ながら話をして、東京で一緒にいた頃より共有する時間が多かったくらいだ。２人が知らない大阪の話をして、スマホで撮影した写真や動画で大阪の街の様子を見せながら説明をした。車の売り上げも、東京のお客さんが紹介してくれたお客さんが何台か購入してくれたこともあり、滑り出し順調で何もかも上手くいくと信じて疑わなかった。少し気になったのは車が売れたときに所長があまり喜んでくれなかったことくらいだ。若いのに本社から子会社の営業所副所長として出向し、業績を回復させたらその実績を持って本社に戻ると思われたのか、歓迎されていないことは明らかだ。

最初の1ヵ月を過ぎると、新しい顧客を開拓できず、車がほとんど売れなくなった。初めての関西で周りには知らない人ばかり、なかなか馴染めなかった。お客さんもほとんどが関西弁で、それだけが原因ではないと思うが標準語の接客ではなかなか成績が伸ばせなかった。あるときなど「兄ちゃん、何すかした言葉喋ってんねん」と言われ、今まで培ってきた接客方法の根底が揺らいでしまった。業績を伸ばせない僕に所長は嬉しそうに声をかけてきた。

「最初は、若いのに結構売るやないかと感心したけど、続かへんかったな」

木南所長はまだ40代半ばなのに、小太りで髪の毛も薄くなった脂ぎった中年だ。部下がたくさん売ったときではなく売れないときに嬉しそうな顔をする所長。この営業所の成績が上がらない理由はこんなところにもありそうだ。10人以上いる所員の中に楽しそうに仕事している人はなく、暗い雰囲気だ。これでは、お客さんの購買意欲も高まらないだろう。売り上げを上げるための提案をいくつかしてみたが、そのたびに所長はいろいろな理由をつけて取り上げてくれない。副所長として営業所を支えようにも所長がこれでは難しい。このようにいろいろと考えることができていた頃は僕の精神状態は普通だった。若い人と

1人ずつ話をして活性化していこうと試みたが、自分自身の実績も出ない中ではそれもなかなか難しく、若手所員の気持ちを掴めない状態が続いた。

人生は意外と簡単に暗転する。

上手くいかないことが積み重なっていき、だんだんと仕事に対する意欲が低下していった。なんとも言えない不安感で気持ちが沈み、夜寝付けず、朝起きられなくて、仕事に遅刻していくこともあった。営業所にいても、ただ漫然と時間を食いつぶしているだけである。それだけではなく、1日前のことも忘れることが多くなり、仕事の効率が極端に下がった。こういうときにそばに琴音がいてくれたら、ここまで落ち込むことはなかっただろう。僕の成績が上がらないことを喜んでいた所長もさすがに心配になったようだ。部下が精神的な問題で潰れるのはきっと勤務評定に響くのだろう。総合病院のメンタルヘルス科を受診することを所長に勧められた。大阪に来たときは、まさかこんなふうに坂道を転がり落ちることになるとは考えもしなかった。でも実際には、深くて暗い海の底に向かって沈んでいくような感覚に陥ってしまった。

病院では鬱状態と診断され薬を処方された。確かに薬を飲むと不安は和らぐが、日中眠くて仕事への意欲がさらに下がってしまう。主治医はいろいろな薬を試してくれたが、どれも似たりよったりだった。薬を飲んでも飲まなくても上手くいかない。どうにもならない焦燥感に駆られた。こんなことなら自ら出向を希望して大阪に来るんじゃなかった。ほんの少し我慢して、高い車を買ってくれるお客さんに車を売っていればよかった。家族と離れて関西まで来て中古車を売ることが、本当に僕がしたかったことなのだろうか？　親会社から子会社に移って中古車を売りたいと琴音に伝えたときに「心配だけれど、それが和希のしたいことなら応援する」と言ってくれたときには琴音に感謝したけれど、今となっては、どうして反対してくれなかったのかと思ってしまう自分がいる。

家族との連絡も徐々に間遠になった。琴音は何かあったのかと心配したようで、大丈夫？と何度も聞いてくれた。でもメンタルクリニックに通っていることは話す気になれず、仕事が忙しいからと言い訳していた。月に1回の週末の帰省もしない月もあった。琴音は大阪で僕が浮気でもしているんじゃないかと心配しているのかもしれない。でも浮気できるだけの元気があったら楽だろうなというのがその頃の僕の気持ちだった。赴任した年の年末に正月を家族と過ごすため東京に戻るときも、正月のいろいろな行事にとても気後れし、帰りたくない気分だった。でも帰省しないという選択肢は現実的にはあり得なかった。

大晦日の日に自宅に帰った僕を大輝は満面の笑みで迎えてくれた。その後ろに不安そうな顔をした琴音がいた。大輝の元気そうな顔を見て少しだけ僕の心が軽くなったが、翌日からの正月三ヶ日のことを考えるとすぐに暗澹たる気分になった。琴音の両親や兄弟、僕の両親には元日か2日に挨拶に行き、2日には初詣に行かないといけない。4日の仕事始めには本社に寄って山上所長に挨拶に行くことになっている。会社への挨拶の方が少し気楽だというのが悲しい。とにかく頑張って3日間の行事をなんとかこなした。4日の朝に大阪空港行きの飛行機に乗る前に京橋にある本社に立ち寄るために自宅を出たときには、ようやく解放されたと思って気分が楽になった。疲れるために帰ってきたようなものだが、努力したにもかかわらず、帰省中も元気がない僕の様子で琴音の心配をさらに大きくしてしまった。大輝とはできる限り一緒にいて遊んでやった。その時間だけは少し気持ちが楽になった。

東京から戻り、吹田営業所が営業を開始して1週間が経った。やはり全く意欲が湧かず、食欲も落ち、夜眠れない日が多くなってきた。コンビニの弁当ばかりでは飽きがくるけれど、外食する気にもなれず、かといって自分で作ってみようという気にはとてもなれない。どうせ仕事をする気がしないなら早めに退社して美味しいものでも食べて、という気にもなれない。結局、ダラダラと営業所で時間を潰して、コンビニで弁当を買ってアパートの部屋に帰って、一人で食べることの繰り返しだった。

小康

1月も終わりに近づいた頃、営業所の若手の社員、水島夕未が僕のデスクのところに来て小さな声で話しかけてきた。

「最近ずっとお元気がなさそうですが、大丈夫ですか？　少し痩せられたように思いますけど、ちゃんとご飯食べていらっしゃいますか？」

もう19時過ぎで営業所にはもうあまり人がいない。そろそろ帰ろうと思っていたところだった。こんなに優しい言葉をかけてもらったことは大阪に来てから初めてだ。

「大丈夫だよ。ありがとう」

「大丈夫そうに見えないです。私、心配です。夕食は何を食べていらっしゃいますか？」

「大体は近くのコンビニ弁当かな」

近くで見たのは初めてだけれど、ロングヘアの知的な雰囲気の女性だ。

「今度、食事お作りしましょうか？」

「えっ、そんなことをしてもらうわけにはいきません。僕は単身赴任で一人住まいです」

「ご家族がご一緒だったら、もちろん食事お作りしたりは致しません」

「それはそうだけど、男の一人住まいの部屋に来て食事なんか作っていたら、変な噂が立って君に迷惑がかかるといけないから」

「私はどんな噂が立っても構いません。とにかく、元気がない副所長を見ると心配で仕方ないんです」

「ありがとう。気持ちだけもらっておくよ」

「私の気持ちをもらっていただけるのですか、嬉しいです」

それは、ちょっと話が違うけど、こんな様子で人と楽しく話せたのは何ヵ月ぶりだろう。気持ちが少しだけ軽くなった。そのためだろうか、軽い気持ちで食事に誘ってしまった。

「一緒に夕食でもどうですか？　予定がなければだけど」

「本当ですか？　誘っていただいて嬉しいです。アパートに帰っても一人で作って食べるだけですから、ご一緒します」

「じゃあ、そろそろ出ましょう」


2人で営業所を出ると、歩いて近くで食事できるところを探すことになった。一度だけ行ったことがある近くの洒落たレストランは閉まっていた。他に知っているところもないので、アパートの近くまで歩いて行き、たまに行く定食屋のにしむら家《や》にした。ここは、にしむら家というだけあって多くの家庭料理的なメニューが壁一面に貼られている。

「定食屋で申し訳ないけれど、ここでいいかな」

「はい、副所長と一緒ならどこでも嬉しいです」

「営業所の外では、副所長はやめましょう。角野さんくらいでいいよ」

「じゃあ、角野さん、私のことは夕未と呼んでください」

「それはまずいでしょう」

「どうしてですか？」

「そう聞かれると答えに困るけれど、僕には家族もいるし」

「え〜、家族がいると女性をファーストネームで呼べないんですか？」

「そういうわけではないけれど、困ったなあ」

「じゃ、水島さんでお願いします。本当は夕未と呼んで欲しいですが、副所長を困らせたくはありません。あっ、角野さんでしたね」

2人で定食屋に入って向き合って座り、定食を注文した。僕は肉野菜炒め、水島夕未は焼き魚定食だ。

「ビール頼んでいいですか？」

「いいね」

彼女といるだけで、落ち込んだ気持ちから逃れることができていることが意外だった。

「私の名前は、夕方の未来は明日という意味で父がつけてくれたそうです。とても気に入っています。だから角野さんに夕未、って呼んでもらいたかったのですが、諦めます」

「とても素敵な名前だと思うよ」

「ありがとうございます」

ビールが運ばれてきて、水島夕未が冷えたグラスに注いでくれた。

「それでは、私の名前に乾杯してください」

「じゃあ、水島さんの名前に乾杯」

「ちゃんと名前言ってください」

「じゃあ、一度だけ。夕未という名前に乾杯」

「ありがとうございます。でも、一度だけは余分です」

食事が運ばれてくるまで少し話をした。

「実は私は角野さんと同じ東京出身です。私が高校生のとき、父が大阪の子会社に転勤になったので、私もこちらで就職しました。2年前に父が別の子会社に転勤になって四国の高松に引っ越してしまったのですが、私は大阪に残りました」

「そうか、だから水島さんだけは標準語に近いんだね」

「皆さんと話していると関西弁少しうつってしまいますけど」

「そうだね。僕もときどき話し方がおかしくなるよ」

「いえ、それが大阪では普通の話し方です。ここでは、角野さんの話し方の方がおかしいんですよ」

「確かに」

「少し関西弁を練習される方が売り上げも伸びるかもしれません」

「やっぱり、君もそう思うかい」

「営業所の外ですから、君ではなく、水島か夕未でお願いします」

「じゃあ、水島さんのアドバイスに従って関西弁の練習をしてみるよ」

「練習、お付き合いします。ときどき、また食事にも誘ってください」


誘っていただけるときはショートメールを送ってくださいと言われ、携帯電話の番号を交換した。水島夕未はこの近くのアパートに住んでいるそうだ。今日は気持ちが和らぎ、ビールも夕食も美味しく感じられる。こんな気持ちになれたのは何ヵ月ぶりだろう。

「水島さんのおかげで楽しい夜だった。ありがとう」

勘定を払って外に出た。

「ご馳走様でした。私もとても楽しかったです」

「遅くなってしまったから送っていくよ」

「本当ですか。ありがとうございます」

水島夕未のアパートは定食屋から5分くらい歩いたところにあって、僕のアパートとは反対方向だった。アパートと聞いていたけれど、結構瀟洒《しょうしゃ》なマンションだ。

「送っていただき、ありがとうございます。少し寄って行かれませんか？」

「今日はこれで失礼するよ。ありがとう」

「今日は、ということは、いつか寄ってくださるかもしれないということですね。楽しみにしています。おやすみなさい」

なんだかずっと押されっぱなしだった。魅力的だけれど、妙に理屈っぽいところがある不思議な女性だ。でもおかげで今日は気分も少し明るいし、アルコールも入っているので、ゆっくりと眠ることができそうだ。少し遅い時間だったが、久しぶりに琴音の顔を見ながら話をした。珍しく同僚と飲んで楽しい気分だと伝えたが、女性と2人だったとはさすがに言えなかった。少し元気そうになってよかった、正月に帰ってきたときは元気がなくて、とても心配だったと言われた。

翌日、出勤して机に座ると、水島夕未がさっと近寄ってきて他の人には気づかれないように「昨夜はご馳走様でした。楽しかったです」と声をかけてくれた。なんとなく朝から少しだけ気持ちが和んだ。でも、やはり仕事が始まると上手くいかないことの連続で空回りしてしまう。結局、帰る頃にはいつもと同じような暗澹《あんたん》たる気分になっていた。前向きの気分が長続きしない。根本的な問題が解決されていないのだから当然だ。

その次の日も、そのまた次の日も同じような繰り返しで、おまけに天気も悪く外は冷たい雨が降っていた。さらに深く気分が落ち込んだ。帰ろうと思って営業所の出口のところに行くと、水島夕未が空を見上げて入り口のところに立っていた。帰らないの?と声をかけたら傘がないという。営業所にはもう他の人もあまり残っていないようだ。大きめの傘を持っているし、方向が途中まで同じだから一緒に帰りますか、と聞いたら水島さんは嬉しそうに「お願いします」と言う。その様子を見ると暗く沈んでいた気持ちが少しだけ救われる気がした。一つの傘で濡れないように2人で歩いて彼女のアパートの方に向かった。途中で水島さんが腕を絡めてきた。誰かに会うといけないからと伝えたが、そう言われた彼女は絡めた腕に逆に少し力を込めた。15分くらい歩いて彼女のアパートの前に着いた。

「それじゃ、おやすみ」

「夕食まだですよね。お作りしますから、私の部屋に上がってください」

「ありがとう。でもそれはやはりまずいので、コンビニでお弁当買って帰るよ」

「そんなものばかり食べていたら病気になります。最近、角野さんが元気ないのは栄養があるものをバランスよく食べていないことも関係あると思います」

「それもあるかもしれないけれど、水島さんみたいな魅力的な人に美味しいご飯を作ってもらったら、大人しく帰れないかもしれない」

「私はその方が嬉しいです。ぜひ食べていってください」

「そんなわけにはいかないよ。せっかく誘ってくれたのに申し訳ないけれど、大人しく帰ります」

「そうですか。残念ですけど、仕方ないです。おやすみなさい」

そう言われてホッとする気持ちと残念な気持ちが交錯してしまった。コンビニで弁当を買ってアパートに帰って一人で食べたけれど、今夜はいつもにも増して味気ない。

翌日の夜、人があまりいなくなったときに水島夕未が僕のデスクの近くに来て大きな紙袋を差し出して言う。

「傷まないように冷蔵庫に入れておきましたので、帰宅されたら温めて食べてください」

「何ですか、これは」

「ご自宅に帰られてから開けてください。角野さんのために、今朝お弁当作って持ってきました」

「これは受け取れないよ」

「そんなこと言わず、せっかく作ってきたので食べてください。コンビニのお弁当よりは美味しいと思います」

「それはそうかもしれないけど」

「私の部屋に上がっていただけないので、こうするしかないです。もし断られたらせっかく作ったのに捨てるしかありません」

「分かりました。じゃあ、遠慮なくいただきます。ありがとう」

「嬉しいです。このお弁当、私だと思って食べてくださいね」

「そんなこと、言われたら」

「もちろん、今のは冗談です」

帰宅後、水島夕未が作ってくれたお弁当を電子レンジで温めて食べて驚いた。これはコンビニのお弁当よりは美味しいなどというレベルではない。今まで食べたどんな弁当より遥かに美味しい。子供みたいに一心不乱に食べてしまった。弁当箱を洗って返そうと思い、煮物が入っていた紙のインサートカップを捨てようとしたときにふと裏を見ると、インサートカップの裏に「ちゃんと食べて元気になってください」と書かれていた。既に捨ててしまったものも含めて他のいくつかのカップの裏も確認したが、コメントは書かれていなかった。気づかれないだろう場所にコメントを書いている水島さんを想像して、なんとも言えない気持ちになった。

翌日、近くの店で可愛らしいチョコレートを買って弁当箱と一緒に紙袋に入れて返した。

「お弁当、とても美味しくて驚いたよ。ありがとう。それからコメントもありがとう。感動したよ」

そう言われた水島夕未は、なぜか一瞬戸惑った様子だった。

「お口に合ってよかったです。コメント見つけていただいたのですね。ありがとうございます。ときどき、作って持ってきますから食べてください」

「いや、それは悪いから遠慮しておくよ」

「本当はお口に合わなかったんですか？」

「とても美味しかったというのは本当だよ。でも作ってもらう理由がないから」

「では理由を作ってください」

「どういうこと？」

「ときどき、この間のにしむら家さんでご馳走してください」

「でも一緒に食事にいく理由がないよ」

「仕事のことでいろいろと相談にのっていただきたいです。それからにしむら家さん美味しかったので、また行きたいです。これが理由です」

「困ったなぁ。どうしてそんなに僕に？」

「それは副所長の健康状態が心配なのと」

そこまで言うと近くに寄って来て小さな声で付け加えた。

「角野さんのことを好きになってしまったからです」

仕事の方は相変わらず上手く回らず、営業所全体の成績も一向に上向かない。逆に自分が来てから少し下がってしまった。給料が一人分増えて売り上げが下がったので、営業所には迷惑をかけていることになる。そう思って重圧感に苛《さいな》まれる日が続く。抜け出せないトンネルに閉じ込められ、真っ暗な中で立ちすくんでしまった感じだ。鬱病の薬を飲むと気持ちは少し楽になるが、眠くて仕事にならない。1週間くらいそんな状態が続いた後、水島夕未からメールが来た。「営業所のことで内密に相談させていただきたいことがあるので、にしむら家さんに連れて行ってください」と書いてあった。内密に相談？　何だろうと思いながら、内密に相談したいなら仕方がないと自分に言い聞かせて、「それでは7時に現地集合で」とメールで返信した。

にしむら家に時間通りに着くと、水島夕未は既に来ていた。僕が入って行くのを見ると立ち上がって軽く礼をして、「お時間いただきありがとうございます」と言う。座って食事を頼んだ。今日は折り入っての相談ということなのでビールは頼まなかった。

「内密の相談とは何ですか？」

「相談は木南所長のことです。所長はあんな感じのパワハラとセクハラで人望がない人です。彼がいる限り角野さんがいくら頑張られても営業所はよくならないでしょう。人望がないだけなら仕方がないですが、経費の不正使用もされていると思います」

「何か証拠がありますか？」

「私は経理担当ですが、所長は会食費の申請がとても多いです」

「でもそれだけではなんとも言えないですね」

「実は、接待先の予定として申請されている人の中にたまたま知っている人がいたので、本当に接待があったのか聞いてみました。でもその人はその日は所長に会っていないと言うのです。全部ではないかもしれませんが、プライベートな食事の費用を会社に請求されていることがあるのだと思います」

「それはよくないね。そのことを指摘しましたか？」

「いいえ、所長とは関わりたくありませんので、今まで黙っていました。そのことを公にしてなんとか木南所長を退職に追い込むことはできませんか？」

「せっかく教えてくれたけれど、それは難しいと思う」

「どうしてですか？」

「まず、経費を少し誤魔化すくらいは、やっている人は少なからずいるし、よくないことですが、それだけでは馘《くび》にはできません。それからもう一つ重要な理由があります。詳しくはお話しできませんが、彼は簡単には馘にはできない人だと本社から言われています」

「えっ、そうなのですね」

「僕がこの営業所に送り込まれてきたのは、営業所の業績が上がらないから、木南所長の下でそれを少しでも上向きにするためです」

「所長も角野さんが送り込まれてきた理由を薄々ご存じのようですが、協力を仰ぐどころか目の敵にされている節があります。低迷している業績を上げるために本社から若い角野さんが送り込まれてきたのが面白くないのでしょう。業績が落ち込んでいるのはご自分の責任なのに困った人です」

「そんな状態でもなんとか業績を上げていかないといけないから大変です。どうやって所員をまとめていけばいいのか苦慮しています」

「そのことですが、お伝えするかどうか迷っていましたが、今後のためにお話ししておきます。所長は、角野さんは精神的に落ち込んで鬱病になり精神病院に通っている、あいつはもうダメだと所員に言いふらされています」

「驚いた。そんなことまで。僕は確かに精神的に落ち込んで所長に紹介されたメンタルクリニックにかかっていますが、精神科ではありませんし、鬱病ではなく鬱状態に陥っているだけです。ひどいですね。僕が所《しょ》の若手とあまりいい関係を作れないのはそのことも関係しているかもしれません」


吹田営業所の闇は思ったよりずっと深そうだ。所長が僕に親身になっている風を装って病院を紹介しておいて、皆にそれを言いふらしていると考えると、とても嫌な気分になった。今日はなんとなく飲みたい気持ちだが水島さんを誘って飲むわけにもいかない。そう考えていると、僕の気持ちを見透かしたように水島さんが言う。

「この後、少し飲みませんか？　営業所のことをもう少し相談したいです」

「でも、もう遅いし、また今度にしませんか？」

「え〜、まだ9時前ですよ。高校生ならともかく、2人とも大人ですよ」

「確かに」

「じゃあ、決まりですね。もう遅いから私の部屋に来てください」

「えっ、さっき、まだ遅くないって言ったばかりだよ」

「まだ、9時前だとは言いましたけど、遅くないとは申し上げていません」

「確かに、そうだけど」

「この時間から副所長が女性スタッフと2人で飲んでいるところ、誰かに見られるとまずいんじゃないですか？」

「でも、独身女性の部屋に所帯持ちの僕が行く方がまずいでしょう」

「店と違って、誰かに見られることもありません」

「それはそうだけれど」

「奥さまに怒られますか？」

「わざわざ報告はしません」

「それなら大丈夫ですね」

「そういう問題ではないけれど」

「では、どういう問題ですか？　私は相談したいだけなので、私から誘惑したり、手を出したりはしません。約束します」

「男と女が逆ですね。その約束は」

「角野さんは約束しなくてもいいです。角野さんが手を出したくなったら、私は抵抗しませんから」

「そんなこと言われたら、ますます行けないよ」

「それは手を出さないという自信がないということですか？」

「そんなことはないけれど、僕は結婚して子供もいるし」

「それなら、大丈夫なはずです」

「分かりました。水島さんの屁理屈には負けました。伺って大人しく飲みます」

「わーい、嬉しいです」

水島夕未の部屋はマンションの12階で結構広い。部屋はとても綺麗に整頓されている。部屋全体は黒と濃い茶色を基調としてシックな作りだが、白いディナーテーブルが対照的に映えている。テーブルの上にワインのクーラーボックスとワイングラスが2つ置いてあった。

「これは？」

「今夜、ご一緒しようと思って用意していました」

「え、予定していたということですか？」

「はい、1週間前から計画していました」

「1週間前から？」

「はい、私がお作りしたお弁当を返してくださった日です」

「どういうことですか？」

「それは後でお話ししますので、まずコートを脱いでお座りください」

水島さんは僕のコートと自分のコートをコートかけにかけて、座り心地がよさそうな黒い椅子を勧めてくれた。

「ワインでいいですか？　それともビールがいいですか？」

「なんだか素敵なバーみたいなダイニングだね。ワインをください」

「赤ですか？　それとも白がいいですか？　スパークリングワインもあります」

「では赤ワインをいただきます」

「カリフォルニアのジンファンデルとカベルネ、ボルドーのメルローがありますが、どれにされますか？」

「すごいね。それではカリフォルニアのカベルネをお願いします」

「カベルネ中心のブレンドではロバートモンダヴィのセントラルコーストものとスターレインを用意しました」

「飲んだことない方を飲んでみたいので、スターレインをお願いします」

「比較的新しいワイナリーですが、とても美味しいそうです。初出のスターレインが、あるワインコンテストであのオーパスワンを凌いだそうですから」

　そう言いながらワインセラーからワインを1本取り出して抜栓してくれた。抜栓はややぎこちない。

「付け焼き刃なので、慣れません」

「ところでワインセラーにはワインは何本くらい入っているの？」

「右のセラーに赤を6本、左のセラーに白を6本とスパークリングワインが3本です」

「ワイン、好きなんですね」

「いいえ、角野さんのためにワインに詳しい友達に相談してピックアップしてもらいました。私はどれも飲んだことありません。せっかく15本用意しましたので、15回は遊びに来てくださいね」

「そんなことできるわけがないでしょう」

「でもこのワインは全部角野さんのためにご用意しましたので、飲んでいただけないとワインが可哀想です。1回に3本飲んでいただければ5回で済みます」

「アルコールは強くないのでそんなに飲んだら眠ってしまうよ」

「私が介抱させていただきますから心配なさらず飲んでください」

こんな会話を交わしていると、深く落ち込んだ気持ちをしばらくの間忘れることができる。水島さんが、ワインを注いでくれた。香りだけでとても上質のワインであることがすぐに分かった。水島さんが自分のグラスにも注いだあと、2人で乾杯と言ってグラスを重ねた。一口飲んでみるとカベルネ中心の重厚な味だが、適度にブレンドされたメルローが爽やかさを醸し出している。素晴らしいワインだと伝えると、水島さんは嬉しそうだ。

「さて、1週間前から準備していたという話を聞かせてもらえますか？」

「はい、でもその前に角野さんのために用意したオードブルをお持ちしますので食べながら聞いてください」

「オードブルまで用意してくれたのですか。驚きました」

「私が作りました」

そう言ってテーブルの上に大きな明るい青色の皿に載せたオードブルが用意された。

「今日は、私と思って食べてくださいって、言わないのですね」

「はい、私からは誘惑しない約束ですから」

「あぁ、そうでした。美味しそうだ。全部、魚系だね。ブルーのお皿は海かな？　ワインは白にすればよかったかもしれませんね」

「さすが、角野さん、私の意図を分かっていただきました。そういうところが知的で素敵です。前にお伝えしたように角野さんのことを好きになりました。でも本当に進んでいいかどうか正直なところ迷いはありました。そこで一つの賭けをしました」

「賭け？」

「はい、先日のお弁当に隠したメッセージです。もしあのメッセージに角野さんが気づいてくださったら、前に進むことに決めていました。あれから1週間、ワインセラーを買い、ワインを揃えて、角野さんに来ていただく準備をしました」

「僕はそこに、のこのことやってきたわけだ。そういえばメッセージのことお礼を言ったら、少し戸惑った様子で返事するまでタイムラグがあったこと覚えているよ。どうしたのかな、と思った」

「さすがの観察眼です。角野さんが東京でたくさん車を売り上げられたことに繋がっていると思います。私は戸惑ったのではなく、前に進む決心をするのに少し時間を要したのです」

「もし僕がコメントに気がつかなかったらどうするつもりだったのかな？」

「角野さんのことは縁がなかったと思って諦めるつもりでした、と言えればかっこいいのですが、きっと何回か同じような賭けをしたと思います。でも1回で気づいていただけたので、これは運命だと思いました」

「水島さんように魅力的な女性にそんなふうに思ってもらうのは光栄だけど、僕はその気持ちに応えることはできない」

「結婚されているからですか」

「そうです。普通そうでしょう」

「でも私は結婚する気がありませんので、角野さんの負担にならないと思います」

「え、どうして？　一生結婚するつもりがないのですか？」

「両親を見て結婚に対してネガティブなイメージしかないからです」

「ご両親は2人で四国に住んでいるんだよね」

「いいえ、会社には伝えていませんが、父は単身赴任です」

「では、お母様は大阪に？」

「いえ、東京です。父が大阪の子会社に転勤になった際に母は東京に残りました。だから大阪は最初から父と私の2人でした」

「どうしてそんなことになったのかな」

「角野さんには全部知っていただきたいのでお話しします。お恥ずかしい話ですが、父は東京勤務時代に会社内に浮気相手がいました。ひと回り以上歳が離れた若い人でした。父は若々しくて娘の私から見てもモテそうな男性です。仕事もバリバリできて出世コースにのっていましたが、浮気がばれて大阪の子会社に飛ばされました」

「それは大変だったね」

「実際には父のライバルがあることないこと含めて告発したようです。父は左遷されて、とても落ち込んでいました」

「それは気の毒に」

「私は父のことが心配で、高校卒業と同時に自ら希望して大阪で就職しました。父が浮気をして夫婦間の喧嘩が絶えなくなったのは、私がまだ高校生のときでした。そのうちに母にも付き合う人ができ、お互い様という感じで喧嘩が減りました。離婚はしていませんが、いわゆる仮面夫婦です。そういう環境で育った私は結婚に夢を持てません。だから結婚するつもりはありません」

「複雑だね。でも誰か好きな人ができたら考えが変わるかもしれません」

「もちろん、可能性は否定しませんが、そういう人ができても結婚しないでパートナーとして一緒にいるのが望みです。そこに角野さんが現れました」

「せっかくだけど、僕はパートナーにはなれません」

「それは結婚されているからということですよね」

「その通りです」

「私がパートナーに求める条件は、結婚できない人か、結婚する気がない人です。角野さんはその前者の条件に合格です」

「合格と言われてもなぁ」

「私は父のことが好きですが、その父と角野さんは少し似ています。だから私の父代わりになっていただくつもりでお付き合いしていただけませんか？　決して角野さんに負担をかけるようなことはしません」

「お父さんねぇ」

「父が大阪に単身赴任となって浮気相手とも別れざるを得なくなり、母ともよりを戻せず、出世の望みも絶たれて、とても落ち込んでいたところを救った実績が私にはあります。父も精神科に通って、あっ、角野さんはメンタルヘルス科でしたね。父は精神科で鬱病の薬をしばらく服用していました。いずれにしても、きっと角野さんのお役に立てると思います。営業所ではいつも暗い顔をされていますが、私と一緒のときは表情が明るいです」

「それは認めるよ」

「今日は飲みましょう。2人の最初の夜の記念です。このマンションは2LDKなので一部屋空いています。飲みすぎて帰るのが億劫《おっくう》になったら、そこを使ってください」

「そんなこと言われても泊まっていくわけにはいかないよ」

「角野さんのために布団も購入してあります」

「そんなことまでしてもらう理由がありません。僕の家は歩いても10分くらいなので問題なく帰れます」

「もし一人が寂しいようでしたら、私の部屋で一緒に寝てもらっても結構です」

「あれっ、誘惑しない約束では？」

「いえ、これはあくまで仮定の話をしているだけで、泊まって行ってくださいとは言ってません」

「相変わらずの屁理屈ですね。感心します。とにかく、飲んだら帰ります。何だか、あまりのことに驚いてしまってなんと言っていいか」

「とりあえずワイン飲みませんか。白も1本開けます」

気持ちが癒されて、今夜を愛おしく感じた。遅くなったけれど歩いて自分のアパートまで戻った。アパートに戻ると、いつもに増して部屋はがらんとして無機質だ。こんなことをしていて、落ち込んだ深みから立ち直れるとも思えない。

それからは水島夕未が週に1回くらいはお弁当を作って持ってきてくれるようになった。ときどき、2人でにしむら家に行き、そのあと彼女の部屋でワインを飲むことも習慣になった。ワインだけではなく、ビールやウイスキーも各種用意されていて、至れり尽くせりだ。営業所について話すことはだんだん少なくなり、本や映画のこと、ドライブや旅行のこと、お互いの子供の頃の話などが中心となった。水島さんはどこかに連れて行って欲しいとせがむこともなく、約束通り僕を誘惑するような仕草もない。最初は強引に誘い込まれてしまったような経緯で危なっかしい印象を持ったが、しばらく付き合ってみて、水島夕未が知的な大人の女性であることが分かった。誕生日にもプレゼントが欲しいと言うこともなく、にしむら家でいつものように2人で夕食をした。ひとえに2人でいる時間を楽しんでいる様子だ。会話も軽い冗談で楽しく話をしながらも、芸術や小説などについての知的な話題が多い。ただ、音楽には全く興味がないようで、僕が学生時代にバンドを組んでいたことにもあまり興味を示さない。音楽の話もしたいけれど仕方ない。水島夕未が男の好みに合わせようとはせず、自分をしっかり持っていることに逆に好感が持てる。一生一人で生きるというだけあってしっかりしている。しっかりしていないのは僕の方だ。水島さんといるときには安らぎを感じて楽な気分になるが、相変わらず仕事には気持ちが向いていかない。

仕事は低空飛行が続いていた。そんなある日、何人かの所員の前で所長に強くなじられた。

「君は助っ人として来たはずやろ。そやけど営業所の成績が全く上がらないどころか逆に下がっているのは、一体どういうことなんや。君なんかここにおる意味が全然ないやないか。単なるタダ飯喰らいや」

さすがに他の人がいる前で罵倒されたのはショックだった。関西弁で言われたのでことさら堪えた。言われても仕方がない働きだが、あんなに意気揚々と皆のいる前で言うことではない。あいつは鬱病でもうダメだと所員に言いふらしている所長のことを考えると絶望的な気分に陥った。

この頃には水島さんと週に1回は会うようになって2ヵ月くらい経っていた。所長にな じられたその日も彼女と2人でにしむら家に行った。そしていつもより鬱屈した気持ちを抱えて、いつものように誘われるままにマンションに行ってワインを飲んだ。普段より少し飲みすぎたかもしれない。「今日は少し元気がないけれど何かありましたか」と聞かれて、所長に罵倒されたことについて愚痴を言った。そして、それまでなんとか保っていた心許ないバランスを崩してしまった。マンションからの帰り際に、玄関で水島夕未をハグしてしまったのだ。しばらくそのまま黙ってハグしていたが、彼女を僕の腕の中からようやく解放したときに彼女は僕に言った。

「私がパートナーに求める条件で、この間お伝えしなかったことがあります。それは私が好きになった人で、尊敬できる人であること、さらに私のことを心から好きになってくれる人です」

「結構ハードルが高そうだ」

「結婚願望がなければ誰でもいいわけではありません。私は角野さんのこと好きですし、尊敬もしています」

「前から聞きたいと思っていたんだけれど、どうして僕のことが好きなのかな」

「好きになるのに理由が必要ですか？　角野さんが赴任されたときに一目見て好きになりました。強いて言えば父に少し似ていらっしゃるからかもしれませんが、それは理由のごく一部です」

「それに、こんな状態の僕に尊敬できる部分があるとは思えないけど」

「たくさんあります。本社で多くの車を売って表彰されたこと、ちょっとしたことに気づいてくださる細やかさ、知的な会話、博識さ、私の誘いに簡単にのらないこと、家族を大切にされていることです。今はちょっと元気がないだけです」

「ありがとう。家族を本当に大切にしていたら、ここで水島さんをハグしたりしていないけどね」

こんな日でも彼女といると軽い冗談を言って、重く沈み切っていた気持ちも少し軽くなる。

「ありがとうございます。角野さんが元気になってくださるなら、なんでもさせていただきます。でも、私のことを好きという気持ちを角野さんがお持ちでないと、私はきっと寂しいです」

「水島さんは素敵な人だし、さっきハグしたくなったのも、好きだという感情が抑えられなかったからだよ。突然で、びっくりしたよね」

「いえ、嬉しかったです。ハグするときだけでもいいですから、夕未と呼んでください」

ここまで玄関のところで2人で立ったまま話していたが、その夜はお互いに離れ難くなってしまい、そのまま彼女の部屋に泊まることになった。シャワーを浴びて、自然と彼女のベッドで一緒に寝た。パジャマも用意されていた。結構飲んでいたし、大人しく寝るつもりだった。でもすぐそばで好きな女性が寝ていると、そうもいかない。水島さんを後ろから抱きしめると胸の膨らみが感じられた。しばらくそのままにしていたが、何かに包まれているような不思議な感覚だった。それからこちらを向いた彼女と長いキスをして、そのまま身体を重ねた。彼女は素直に僕を受け入れた。彼女の中に入ったあとに僕は夕未と呼んだ。水島さんは小さな声で「嬉しい」と言って少し涙ぐんでいるようにも見えた。2人は文学や芸術の好みが一致しているだけではなく、身体の相性もとてもいいことが分かった。

その日から僕の気持ちは水島夕未にのめり込んでいった。これ以上進むべきではないという考えはもちろんあったが、もう気持ちを止めることができなかった。自分が立ち直るためには必要なことだと自分を正当化して気持ちを誤魔化す。なんとか立ち直れるよう、営業成績アップに向けての戦略をいくつか考えて所長に提案してみたが、「そんなことやっても無駄やろ、経費もかかるし」と毎回言われて相手にされなかった。そこを押して説得するだけの気力が欲しかった。相変わらず若手とは話ができない状況が続いている。水島さんに教えてもらった関西弁で営業もしてみたが、そのぎこちなさは自分でも笑ってしまうくらいだ。彼女とは同じペースで付き合いが続き、それがかろうじて僕の支えになっていた。なんとか前に進もうと力なくもがいていた。

破綻

水島夕未との楽しい時間は長くは続かなかった。よくなかったのは僕が彼女を現実からの逃避先にしてしまったことだろう。今考えると彼女とはもっと知的かつ建設的な関係を築けたはずだった。もう少し彼女の気持ちを考えて、たまには一緒に出かけたり、ちょっとしたプレゼントをしたり、普通の恋人たちのようなことができていれば何かが変わったかもしれない。結局、僕は自分のことで精一杯で余裕もなく、彼女を逃げ場にしていただけだ。どんどん彼女の身体に溺れて、仕事を遠ざけるようになった。朝、遅刻していくことも多くなった。彼女は苦しんでいる僕を懸命に支えようとしてくれたが、そのうちにこれではいけないと思ったようだ。ある日、いつものようにマンションに行ったときに彼女が言った。

「角野さんが元気になるなら、私はなんでもしたいと思って一緒にいます。でも最近は私と一緒にいることが角野さんにプラスになっていると思えません」

「そんなこと言わないで、一緒にいて欲しい」

僕はすがるような気持ちになった。しばらく間をおいて彼女が言う。

「分かりました。お約束したように私は拒否しません。でも今はお付き合いしていても寂しいです」

そう言われて、気持ちが今までにもまして深く沈み込んでしまった。

「今のままでは私が角野さんの立ち直りを逆に邪魔しているようにも思います」

「なんとか立ち直れるよう頑張ってみるよ」

そうは言ってみたが、僕は絶望的な気持ちに陥っていた。2人でいるときに気持ちが沈んでしまったのは、このときが初めてだった。それから2人の関係はさらに1ヵ月くらい続いたが、共有している時間を楽しむような雰囲気ではなくなった。最初の頃のような知的な会話や軽妙な冗談が、会うたびごとのセックスとその後の空虚さに置き換わり、青空のように抜けた楽しい時間が消えてしまった。

ある日、遠出してどこか海の見えるところで食事したいと水島さんが珍しく提案した。初めてのことだった。きっと状況を変えるきっかけが欲しかったのだろう。でも僕がとてもそんな気になれないと言って断ると、水島さんは残念そうな顔をして、しばらく俯いて黙ったままだった。2人の間に気まずい空気が流れているのを止める術もその意欲もなく、周りの空気もどんよりと淀んだままだ。この日、大阪にあのTYPE Rがあればドライブに行ったかもしれないし、そうすれば何かが変わったのかもしれない。でもそれが何だというのだろう。僕の意識は深く海の底に沈んだままだった。

次に、彼女の部屋に行ったとき、別れを告げられた。僕の方は、やっぱり、ついにずっと心配していたことが起こったと、崖から突き落とされた気分になったが、これ以上心配することもなくなったからか、不思議なことにどこか安心した気持ちにもなった。彼女は泣いていた。

「角野さんのことずっと支えていくつもりでした。でも今は角野さんが私のことを好きだとは思えなくて、一緒にいるときも寂しいです。それに角野さんにとって2人の関係がプラスに働いていないです。お互いのためにお別れする方がいいと思いました。本当にごめんなさい」

これが2人で会った最後の日となった。今までずっと一緒にいてくれた水島さんがいなくなったその日はさすがに落ち込んだ。翌日は、とても天気がいい爽快な日だった。青い絵の具を一面に振り撒いたような空を見ていると、今はまだ難しいけれど、結局自分で何かを変えて切り拓くしかないのだと思った。この数ヵ月、前よりはしっかり食べて、人間的な生活をしたのがよかったのだろうか、少しだけ前向きに考えられるようになった。別れることになったあの日、静かに泣いていた彼女を見たのが僕に残った水島夕未の最後の記憶だ。彼女のためにも、自分のためにも、もう一度頑張ってみよう。そう思えるようになった。簡単ではないけれど、なんとか前向きな気持ちだけは持とうと思った。ただ、営業成績はよくなる兆しもなく、前向きの気持ちだけではなんともならないことはすぐに思い知らされた。

回復

水島夕未と個人的に会わなくなっても、ときどき営業所内ですれ違う。僕は軽く挨拶して話しかけようとすることもあったが、彼女は軽く会釈をしただけで表情も変えずに立ち去っていく。なんとか気持ちを前に向けて、1日を乗り切っていくという日々が連綿と続いていた。彼女と別れて2週間後くらいのことだ。仕事を終えて帰ろうとしたら営業所の若手販売員の反田君が僕の机に近寄ってきた。ここに赴任してから1年以上経つけれど、考えてみると反田君とは2人で話したことはなかった。所員の中でも一番若くて、まだ二十歳くらいだろうか。

「角野副所長、ちょっとええですか」

「ちょうど、帰ろうと思ったところだけれど、いいよ」

「最近、副所長は経理の水島とあまりつるまなくなりましたね」

「どういうことですか？」

思わず顔色が変わったかもしれない。できるだけ平静を装って相手の出方を伺った。

「所長を失脚させるために相談しよるんだと思っていましたが、やめてしまったんですか？」

今度は少し平静を取り戻して答えた。

「確かにそういうことで水島さんから相談は受けたけれど、僕は営業所をよくすることを目指していると説明しました。大体、所長を辞めさせることは簡単ではないと思います」

「それは木南所長が本社の取締役の息子さんだからですか？」

「えっ、反田君は知っていたのか、そのことを」

「はい。そもそも実績も人望もないのに所長になった時点でおかしいと思ったんです。

なので、関連会社も含めて取締役以上の名前を調べてみたんですよ」

「名前を?」

「所長の出世はゴリ押し感があったので、縁故の線を探ってみたんです。木南という苗字は珍しいですから、同じ名前の重役がいればビンゴでしょう?」

見た目からは想像できなかったが、反田君は頭の切れる男らしい。

「そしたら本社の常務取締役に木南という名前の人物がいたんですよ。その木南常務の出身地を調べると大阪でした。出身も所長と同じというわけです」

「なるほど、そこまで調べたわけだ」

「あと、ネットで検索したら所長と常務のツーショット写真も見つけました」

「写真が? 何でそんなものがネットに」

「ゴルフ場での写真です。プライベートコンペの記念写真を誰かがアップしたようです。名前が書いてあったのでネットの検索で簡単に出てきました」

そう言って反田君が見せてくれたスマホの画面には、確かに2人が晴れやかな笑顔で写っていた。

「ほらここにスコアまで書いてあります。グロス84でベスグロ優勝ですよ。人間、何か一つは取り柄はあるのですね」

「そうなんだ。便利になったけれど、怖い時代だ。でもどうしてそんなことを調べたんだ？」

「特に理由はありません。どうしてあんな人が所長になれたのか、ちょっと調べたろうと思いました。それだけです」

「目的もなく、そんなところまで調べるのか」

「そうですね。そう言われると変かもしれません。ところで、どうして水島と話もしなくなったんですか？」

急に話が水島夕未に戻り、僕はまた慌ててしまった。

「僕は単身赴任で、水島さんの相談に乗っていたけれど、所長を辞めさせるのは難しいと言ったら、する話がなくなっただけだよ」

自分でも苦しい変な答えだと思った。単身赴任は全く関係がない。

「実は、副所長が僕に声をかけてくれへんかなとずっと待っていたんです」

「声をかけるって」

「最近は水島一辺倒でしたが、その前に若手の何人かに声をかけてましたよね。皆、せっかく声をかけてもろうても誰も話を聞かんかったでしょ。あれはダメな所長でも一応は所長なので皆怖がっているんやと思います。それに所長は陰で副所長の悪口ばかり言ってましたし」

「所長が常務の御子息ということを他の人も知っているのでしょうか?」

「それは多分ないでしょう。僕が調べたことも他の人には話していません」

「どうして僕が声をかけるのを待っていたのですか?」

「それは、2人で所長をギャフンと言わせてやりたいなと思ったからです」

「僕が所《しょ》のメンバーに声をかけていたのは、若手と交流して少しでもこの営業所をよくしたいと思ったからで、所長を陥れることが目的ではありません」

「それは分かっています。でも、あの所長がいる限り営業所をよくするのは難しいのと違いますか?」

「そうかもしれないけど、誠にすることも難しいよ」

「馘にできなくても、黙らせることはできるかもしれません」

「そんなことできるかな」

「まあ、やってみんことには分かりませんけどね。ところでさっき、若手と交流してとおっしゃいましたが、僕が一番の若手です。今度は何かあったら僕にも声をかけてくださいね。副所長は一番若くてこんなピンクのメッシュが入った髪の毛の奴に声をかける気にもならなかったんかもしれませんけど」

そう言われて一瞬たじろいだ。そうだったことを思い出した。照れ隠しで関西弁で答えた。

「そうかもしれへんけど、よう覚えてへんわ」

「関西弁、少し練習されましたか。結構いけてます。水島に教えてもらったんやないですか?」

「関西弁が話せると、セールスにプラスになるかなと思って、少し教えてもらったんだ」

「それやったら教えてもらう相手が違うでしょう。水島も東京出身ですよ」

「確かに。ところで、2人で所長をギャフンと言わせる方法は？」

「副所長はなにかいいアイデアありますか？」

「そうだなぁ、ところで、ギャフンと言わせてどうするつもりですか？　辞めさせることは難しいと思うけど」

「ギャフンと言わせたいだけで、その先のことは特に考えていません。まあ、今回は営業所が少しでもよくなればというのはあるけど、大体はゲームみたいな感覚です」

「ゲーム感覚ねぇ。世代のギャップはあるけど、なんとなく理解できるよ」

「副所長はそんなに年寄り臭くないです。どちらかと言えばこっち側です。だから水島も惹かれたんやと思います」

やっぱり、知っているんだな。気をつける方がよさそうだ。

「今、警戒されましたよね。表情で分かります。大体の事情は知っていますが、ギャフンと言わせたいのは副所長ではなく所長です」

「大体の事情って？」

「まぁいいじゃないですか。私は副所長の味方です。心配には及びません」

「心配はしていませんが……」と言いながらも困惑していた僕に反田君が続けた。

「水島は年上好みでいろんな人と付き合ってきたみたいですよ。誰か他の男に乗り換えたのかもしれません。副所長も女性には気をつけてくださいね」

どうも全部お見通しのようだと警戒を強めている僕に構わず反田君が続ける。

「ところでギャフンと言わせる方法ですが、副所長も考えてみてください」

「と言われてもなぁ、あまり思いつかないよ」

「すぐに思いついたら、面白くないやないですか。ああでもない、こうでもないの過程を楽しまんといけません」

「そんなもんかね」

「スマホのロールプレイングゲームもおもろいですが、バーチャルではなく実在の人物を相手にするゲームの方が遥かにおもろいです。だから現実の世界で所長に目の敵にされている副所長と僕で所長を懲らしめたるんですよ」

「それなら、2人で一緒に考えてみよう」

「副所長。のってきましたね。じゃあ、一緒に考えましょう」

「仕事じゃないので、副所長はやめましょう。角野さんで十分だよ」

「お〜、ますますのってきましたね」

「じゃあ、外に行って相談しよう。営業所内で相談することでもなさそうだし」

「いいですね。どこ行きますか？」

「私がときどき行く定食屋でいいかな」

「角野さん、了解です。さあ、楽しくなってきたぞ」


2人でにしむら家に行って、ビールと定食を注文した。前に座っているのは、水島夕未ではなく、今夜は反田貴司君、ピンクのメッシュ入りの髪の毛の21歳の若者だ。見た目で判断していたより、ずっとしっかりしていることは、食事しながら話をして分かった。

「さて、本題だけど、ギャフンと言わせるにはまず弱みを握ることです。1日の行動の中で誰しも人に知られると困ることはあるだろうから、そこを押さえるのはどうかな」

「いいすね、それ」

「所長はよくセクハラまがいのことをしているようなので、その現場写真をこっそり撮るのはどうかな」

「それで写真をどうするつもりですか」

「所長のボックスに入れておいて無言のプレシャーをかけるとか」

「角野さん、それは甘すぎるんちゃうかなぁ」

どうもだんだん友達言葉になってきた。

「というと？　反田君ならどうするんだ？」

「夜中のうちに営業所内のあちこちの掲示板に貼るんですよ。所長が慌てるところが目に浮かぶなぁ」

「それは面白そうだけど、そんなことして大丈夫かな」

「掲示板に写真を掲示するだけやから、問題ないでしょう。ついでに奥さんにも送りつけたろか」

「それは行きすぎだよ。それが原因で家庭内争議が起こったら気の毒だ」

僕は自分がしていたことを琴音に報告されてしまうことを想像した。

「次はそこまでされるんやないかという恐怖心を持たせるだけでもええかもしれへん。

角野さんもご存じと思いますけど、会社の金を私的な飲食に使っとると水島から聞きました。所長のことやから、どうせ女の子がいる店か、女の子連れてどっかにしけ込んでるんやろ。その現場写真も撮って一緒に掲示板に貼ったろ。それがええわ」

「写真は誰が撮るんだい。上手く撮れるかね」

「営業所内でセクハラしている写真を上手く撮るよりは難度が高いと思います。でも水島に聞いたら所長がよく使う店はすぐ分かるし、その店に行く人をネットで募集して、その人に所長の写真を送って、この人が来たら痴態を撮って欲しいと頼むんです」

「そのためにネットで人を雇ったりするのか？」

「協力してもらうだけで、雇っているわけではありません」

「お礼は払わないということ？」

「中には実費を請求する奴もおるけど、基本的には協力してゲームを楽しむ、みたいな」

「営業所内でのセクハラの写真は？」

「営業所内の写真は僕が狙ってみます」

2人の共同作戦が始まった。定期的ににしむら家で作戦会議と称して飲食した。そうこうしていると僕の精神的な状態はましになった。目標があると気持ちに張りがある。作戦会議と称して頻繁に2人で飲むのは予想外に楽しい時間だった。相手が男性だと同じように付き合っても問題になることはないので気が楽だ。反田君は毎回ご馳走になってイインですか?と律儀に聞いてくる。髪の毛にメッシュが入っている今時の若者だがしっかりしている。最近の政治問題や国際社会における日本の立場などもよく理解していて、自分なりの解釈と意見も持っている。知識は全てネットで得たものだという。本はあまり読まないようだが、音楽はポップスとロックが好きで、学生時代に僕がバンドを組んで演奏していたことには大変興味を持って話を聞いてくれた。反田君にはバンド経験はないが、楽譜は読めるし、音楽理論のこともよく知っている。人を見た目で判断するのはいけないということを身をもって知った。

1ヵ月くらいして、にしむら家で会ったとき、営業所の中の所長のセクハラの写真と外の怪しげな店での痴態を収めた写真をスマホで見せられた。

「これで相手の顔を分からないように今晩処理して、明日の夜、営業所中の掲示板と壁に貼り出しておけばバッチリです」

「少し気の毒だけれど、身から出たサビということかな」

「自宅には送りつけなくていいんですか？」

「それはやめておこう。自宅に送りつけて離婚ということにでもなれば洒落にならないだろ」

「それも身から出たサビですよ」

「そうだけど、人の家庭を壊すと寝覚めが悪くないか？」

「分かりました。角野さんがそうおっしゃるなら、そこは許してやりますわ」

関西では、こういうのを『今日はこれくらいにしといたるわ』と言うそうだ。


2日後の朝、営業所はちょっとした騒ぎになっていた。掲示板に貼られていた数々の写真は前代未聞のものだった。そこには所長が女子更衣室を覗き込んでいる写真、皆が帰った後に女性スタッフの引き出しを物色している写真、キャバクラと思われるところで女の子に抱きついている写真が貼られていた。

所長は、誰やこんなことしたのは、こんなん全部うそっぱちやと、真っ赤な顔をして怒って写真を剥がしていたが、あちらこちらの掲示板にたくさん貼ってあるうえに、背が低い所長が届かないところの写真は取り残されていた。所長の滑稽とも言える慌て方を見て、爽快な気分になったというより少し後味の悪さが残った。反田君はどう感じたかな。単純にゲーム感覚で喜んでいるかもしれない。

次に、にしむら家に反田君と行った日に所長を懲らしめたときに後味の悪さがあったか聞いてみたが、「単純に楽しかったす」というあっけらかんとした返答だった。少し違和感はあったが、それも一つの感じ方だ。反田君とときどき一緒に夕食を食べるようになって、僕の精神的な状態はまた一時的に安定した。若いガールフレンドが、もっと若い男友達に代わったあとも、にしむら家での交流が続いている。なんとも不思議な感覚だ。少し心配していた犯人探しやお咎《とが》めはなかった。所長の味方がいかに少なかったかということだ。

その後、所長は僕に対して嫌味を言わなくなった。応援してくれるなどは望むべくもないが、例の事件に僕が絡んでいると思ったのだろうか、少なくとも大人しくしているようだ。営業所の女性にセクハラもしなくなったと噂されている。方法はともかく、結果的にはよかったのかもしれない。一方、目の前の目標を達成してしまったからか、僕の精神状態は逆戻りして後退してしまった。何をどうすればこのトンネルを抜けることができるのか、そもそもトンネルに出口があるのかも分からない。

こんな状況でさらに1年半くらい過ごした。限りなく続く色のない日々を1日1日灰色に塗り潰していく。ときどき、反田君と夕食のついでに飲むときには少しだけリラックスした気持ちになるが、長続きはしない。車を売る戦略もいろいろと考えて所長に提案するのだが、採用されることはなく虚しい努力の繰り返しになる。一つでもアイデアを採用してくれたら前向きになれそうな気がするけれど、前に進めない状況は続く。それでも自身の車のセールス成績は、一番低迷してきた頃よりはマシになった。

そんな状態の頃に浦添営業所への異動を言い渡されたのである。営業所の窮状を救うために来たはずだったが、かえって迷惑をかけてしまった。でも上手くいかないことを他の人よりたくさん経験したという妙な自信だけは身についた。沖縄の浦添営業所には所長代理という肩書きで赴任するので、形の上では栄転ということになる。でも浦添営業所は所長以下3名の弱小営業所であり、実質的には左遷である。この件について東京の山上所長から電話があった。

「所長と何かあったのか？　どうも今回の異動は本社の木南常務から直接指示があったようだ」

「吹田営業所をよくするために少しやりすぎたかもしれません」

「そうか。何があったかは聞かないが、そちらの所長の評判がよくないことは知っている人が多いから、あまり気にするな。新天地での活躍を期待しているよ」

異動の裏事情を知った僕は山上所長に礼を言って電話を切った。そういうことだったのか。大人しくしていると思っていたけれど、裏で画策していたんだな。協力してくれた反田君にも被害が及ばなければいいと思った。ここにいても上手くいきそうにないので、気持ちを切り替えて沖縄で頑張ってみよう。

沖縄編

出発

東京に帰るのは今年の正月以来なので7ヵ月ぶりということになる。メッセージに残された謎の2曲に遭遇したのは、東京行きの飛行機に搭乗するために営業所を出ようとしたときだった。

昼前に吹田営業所を出て羽田空港には午後2時に到着。飛行機を降りて、モノレール、りんかい線、地下鉄を乗り継いで3時前には自宅がある豊洲に到着した。久しぶりの自宅だ。家に着いて「ただいま」と言ってドアを開けると、6歳になる大輝が、待ち構えたように、

「おかえりなさい、パパ」と言って走りながら、ぶつかってきた。その後ろから琴音が来

て、久しぶりに生の声を聴くことになった。

「お帰りなさい。本当に久しぶりね。元気だった？」

不安そうだ。僕の方は2人に声をかけてもらっただけで気持ちに少しだけ光がさした。やはり家族はありがたいな。最近の僕の元気のなさや沖縄への異動のことは、琴音も心配している。これ以上の心配をかけたくない。メンタルクリニックで鬱状態と診断され薬を処方されていることは話さないことにしよう。家にいるのは2日程度なので、頑張って元気に振る舞おう。


着替えてからリビングに座る。台場の高層ビル群とコンクリートに囲まれて少し窮屈そうな海、以前と全く変わらない借景《しゃっけい》だ。この部屋を購入するときは仕事が楽しくて何もかも上手くいっていた。その先もずっと上手くいくことを疑いもせず楽観的だった。35年ローンを組んだけど、払えるかどうかなんて気にしたこともなかった。でも今は不安でいっぱいだ。そんなことを考えていると、琴音に聞かれた。

「最近、ずっと元気ないけれど、本当に大丈夫？　私に何かできることない？」

こんなに僕のことを心配してくれるなんて、ありがたいし、後ろめたさもあって本当に申し訳ない気持ちだ。でもなんとかこの難局を自分の力で乗り切って琴音と大輝を守っていこう、そう思えただけでも帰ってきた甲斐があった。

「そうだ、琴音に聞きたいと思っていたことがあるんだ」

「何かしら」

「今日オフィスを出るときに、僕の机の電話にメッセージが残っていることに気がついたんだ。ところがこれがピアノなんだ。聴いたことがある曲だったけれど、2曲入っていて、1曲目はショパンかな。2曲目はしばらく前によくかかっていたポップスだと思う。2曲目の方は生演奏だ。スマホで録音してきたから聴いてみて」

「そんなことがあったのね。じゃあ音源、聞かせて」

早速、スマホを取り出して聴いてもらった。

「なんだ、ショパンかな、じゃないわよ、有名な練習曲で通称『別れの曲』よ。きっと誰かが別れを悲しんで送ってくれたのよ」

「でも思い当たる人がいない」

「本当？」

「一緒によく食事に行った21歳の反田君はロック好きでクラシックは全く聴かない。でも最近は一番親しくしていたので、一応聞いてみたよ。でも見当外れという感じだったよ」

僕がそう言った頃には2曲目が始まっている。

「この曲は去年テレビで放映していた朝ドラ『空の蒼』の主題歌『青空のエール』ね。実際には歌詞があるけれど、これはピアノだけで弾いているわね」

「なにか意味あるのかな」

「この曲は誰かにエールを送る応援歌なので、沖縄に行っても頑張ってねという意味じゃないかな。やっぱり誰かあなたのことを好きな人がいたんじゃない？」

「忙しくてそれどころじゃなかったよ」

そう言いながら、申し訳ない、と心の中で思った。

「あなたがそう思っていなくても、相手が密かに恋愛感情を持っていることはあると思うわ。沖縄に移っていくあなたへの別れの歌と応援歌よ。本当に心当たりないの？」

「ないと思う。でもなんとなくロマンティックな話だとは思う。思いつく人がいない。誰なのかなぁ」

こんな他愛もない話をしているうちに、どうしようもなく絡まって沈み込んでいた気持ちが少しだけほどけていくような感覚があった。もちろん僕がしてしまったことは、この先もずっと消えないけど、久しぶりに人間に戻ったような感覚だ。土曜日は久しぶりにTYPERに乗って3人で出かけて買い物と散歩をし、のんびりと開放感を味わうことができた。元々は日曜日の夕方に沖縄に向かう予定だった。でも会社からは月曜日中に沖縄に着けばいいと言われていたので、予定を変更して日曜日も自宅に泊まることにした。3日目の夕食を食べながら、もし家族で一緒にいることができれば、精神的に安定するかもしれないと思った。それにしても今日は仔牛肉のウインナーシュニッツェルをはじめとして僕が好きなものばかり食卓に並んでいる。その気持ちが嬉しい。その夜、久しぶりにベッドで一つになったのは自然な流れだった。琴音の目には少し涙が滲んでいる。本当に申し訳ない。心配かけていたんだなとつくづく思い、大きな後悔の念に苛まれた。琴音と大輝のためにもなんとか立ち直ろう。眠っている琴音の顔、隣の部屋で無邪気な顔で眠っている大輝を長い時間ただ眺めながらそう思った。

翌朝は、琴音が淹れてくれたコーヒーを飲みながら、2人でゆっくりとした時間を過ごすことができた。朝のコーヒー、素敵な時間だ。それから身支度を整えて、大輝を近くの幼稚園に連れて行く琴音と一緒に出かけた。マンションの玄関を出て、8月の朝の日差しを受け、東京では珍しいくらい透明な青空を見ながら、沖縄に直接行かないでよかったと思った。本当に久しぶりに今日という日を愛おしく感じた。これならなんとか立ち直れるかもしれない。

羽田空港に着く頃には、なんとか立ち直れそうと思ったさっきまでの気持ちが早くも揺らぎ始める。やはりまだ不安定だ。11時の那覇行きの便に乗ると13時半にはもう常夏の島、沖縄だ。飛行機に乗ってから少し眠ってしまった。右手に富士山が見えていたところまでは覚えているが、その後眠ってしまったようだ。目が覚めると飛行機は既に降下を始めていた。窓の外を見ると、海の青と波の白がずっと向こうまで広がっている。学生時代以来の沖縄だ。そう思うだけで今度は少し気持ちが浮き立った。飛行機に搭乗する前に感じた不安感が今はなくなっている。着陸する。いよいよ沖縄だ。空港から外に出ると外は夏らしい青空と、もくもくと高く白い入道雲。蝉の鳴く音が騒がしい。さすがに暑い。ただ、本州の夏の暑さと違って湿度が低いためか、爽やかだ。吹く風も心地よい。待つこと5分、目の前に白い車が停まり、窓から首を出した若い男が「角野さんですか？」と声をかけてきた。吹田営業所から僕の顔写真が送られていたようだ。

「そうです」と答えたら、

「じゃあ、乗ってください。僕は営業所の平良です」と言われた。

平良君は彫りが深い綺麗な顔立ちをしている。しかも表情は柔和なので、接客態度に問題なければ営業に向いている。車が走り出す。助手席から海とその海と遠くの方で溶け合っている青い空が見える。沖縄に来たことを全身で感じた。さあ、今日から気持ちも新たに頑張ろうという前向きの気持ちと、ついに最南端まで来てしまった、この先どうなるかなという不安な気持ちが交錯し、気持ちが揺れている。車は空港から58号線に出ると左折し、そのまま那覇市街を抜けて浦添市に入る。沖縄というと最南端、最果てのイメージがあったが、よく考えると学生時代来たときから那覇や浦添は既に都会だった。今はさらに都会化が進んでいる。それに東京と違って爽やかな開放感もある。自分が後ろ向きの気持ちだったので勝手に最果てのイメージを抱いていたのかもしれない。そんなことを考えているうちに車は58号線に面した営業所に到着した。

建物に入ると、20代前半と思われる可愛い女性と、冴えない中年の男性が奥のテーブルで向かい合って話していた。この中年男性は城間拓海だろう。僕がここに所長代理として着任したために自分が所長になり損ねたと思い、反発するかもしれないと本社の山上さんから聞いた人物だ。ただし、営業には向いているらしく、浦添営業所の売り上げの9割は城間さんによるという。もう一人の若い女性は山田美憂さん。ショートカットの黒髪で控えめな雰囲気の女性だ。でもよく見ると大きな瞳が印象的だ。制服がカーキ色の冴えないデザインなのがもったいない。彼女には制服ではなく私服を着てもらう方が、営業所の売り上げも上がりそうだ。平良君は座って車を運転しているときは分からなかったが、車から降りると身長が180センチを軽く超えていることが分かった。長身のイケメン男子で、優しそうなので女性にもてそうだ。

城間さんが私の方に向かって歩いてきた。他の2人と違い、中肉中背の彼にはカーキ色の制服が妙にマッチしている。

「奥のテーブルでコーヒーでも飲みながら歓迎会のようなことをさせていただきます」

言葉や態度から歓迎されていないと感じた。皆で奥のテーブルに座ってささやかな会が始まった。

「私は主任の城間です。それではまず新所長の角野さんからご挨拶をいただけますか？」

「角野和希です。私は車が大好きです。東京本社から吹田営業所に異動したのは、車が好きな人に好きな車をリーズナブルな価格で売りたいと思ったからです。ところが初めての一人暮らし、慣れない土地など、いろいろな要因が重なり、精神的に落ち込んでしまいました。結局、成績が伸ばせないまま大阪からこちらに転勤することになりました。肩書きは所長代理ですが、私はここにいる皆さんと同じ立場で頑張って浦添営業所に貢献したいと思います。沖縄のことは何も知らないのでいろいろと教えてください。この営業所を全国の多くの中古車業者が注目するような営業所にすることが目標です。ご協力お願いします」

話が終わったら、3人がパチパチと気のなさそうな拍手をしてくれた。着任の挨拶としては踏み込んだ内容だったと思うが、聞いてくれた3人はどのような印象を持ったかな。大風呂敷を広げたのには営業所活性化のための自分なりのアイデアがあるからだった。週末に家族で散歩していたときに思いついたアイデアも含まれている。羽田から沖縄までの飛行機の中で考えたこともある。吹田営業所で採用されなかった多くのアイデアの一部もここでなら試せるだろう。このメンバーで可能かな？　もう後がないので背水の陣の覚悟でやるしかない。

「それでは若い順に一言ずつ自己紹介をさせていただきます。じゃあ、平良君」と城間さん。えっ、一番若いのは山田さんじゃないのか。

「平良良太です。良という字が2つ並ぶ変な名前です。一つ抜かして平良太と3字にしないでください。沖縄の『たいら』は2文字です。僕も車が大好きですが、自分ではまだ買えないので、いつも車の近くにいて運転もできるこの仕事を選びました。父は沖縄出身ですが僕は東京で生まれました。両親を東京に残して沖縄に逆移住してきました。よろしくお願いします」

結構しっかり挨拶できるじゃないか、車好きというのもいいし、女性受けはよさそうなので、悪くない。

「それでは次は山田さん」

「はい、山田美憂です。私はずっと沖縄です。高校卒でここに就職しましたのでもう12年になります。こんな感じですが、今年30歳になりました。30歳というとたいてい驚かれます。車のことはあまり分かりませんが、特技はスケッチとイラストを描くことです。よろしくお願いします」

えー、女性の年齢は分からないな。20歳そこそこかと思ったけれど、僕と2つしか変わらないなんて、と考えていると、城間さんが立ち上がって自己紹介を始める。

「城間です。車は大好きですし、車を売るのが趣味のようなもので、楽しくこの仕事をしてきました。本土から来られた所長さんより年上なので、所長さんもやりにくいでしょう。引き継ぎが終わったら辞職して別の職場に移ります。それまでよろしく」

えっ、そんな話聞いてないよ。車をほとんど一人で売っている人が突然いなくなったら、一体どうすればいいのだろう。

「ということで全員の自己紹介が終わりましたが、所長どうされますか？」

「どうされますかと言われても、突然の辞職宣言、驚いています。なんとか考え直してもらえませんか？　それから私は所長ではなく所長代理です」

「お客さんにも所長代理で通されますか？　普通に所長でいいと思います。沖縄の人はそんな細かいことは気にしません」

「沖縄の人が気にしなくても本社の方で気にするでしょう」

「そんなこと、報告しなければ分かりませんよ。大丈夫です。名刺も所長で作ってあります。ね、山田さん」

「はい、所長になっています」

「それはまずいでしょう。一種の詐欺と言われても言い訳できません」

「大丈夫です、所長。繰り返しになりますが、沖縄の人はそんな細かいことは言いません。どうしても気になさるようでしたら、もう一つ所長代理の名刺もお作りしますので、適当に使い分けてください。それから転職のことですが、ご迷惑がかからないよう次の人に引き継ぐまではしっかり仕事しますのでご心配なく。所長も私のような年上の所員がいるより元気がいい若者を採用する方が最終的にはやりやすいと思います。所長なら、きっといい人が見つかりますよ」

「所長なら、というけれど、何か根拠があるのでしょうか？」

「所長がこの会社の親会社で高級車の新車をたくさん売られていたこと、中古車を売りたいからとご自分で希望して子会社勤務になられたこと、伺いました。そういう人だからいろいろと人脈があるのではと思いました」

「なるほど」と言って変に納得してしまった。

これから、いろいろと工夫を凝らして、他で真似ができないような営業所にしよう。そのためには若々しく魅力的な山田さん、長身イケメンの平良君を生かすこと、あともう一人をどうするか、など考えることは多い。どういうメンバーだと計画が実現できるだろうか？　山田さんはイラストが得意だということが分かったのは収穫だ。計画にバリエーションをつけられる。でも一番の懸念は、新しいことを試しながら営業所を変えていくことができるくらい僕自身の精神状態が安定するかだろう。

前進

東京本社の人事に電話して人員補充の相談をしたところ、本社か子会社から1人送ってもいいし、現地採用でもいいと言われた。前任者の給与分で2人若手を雇ってもいいという。自由度は高いが責任も重い。ここでどんな人材を採用するかは重要だ。

まず、山田さんと平良君に誰かいい人がいないか聞いてみるかな。でも沖縄の人はのんびりしている人が多そうなので、現地採用より東京営業所から誰か回してもらう方がいいかもしれない。待てよ、東京の中古車屋でシビックTYPE Rを購入したときに世話になった亀井君はどうだろう。車が好きで、営業トークもしっかりしていた。何よりも車のことをよく知っているのがいい。あのとき購入したシビックTYPE R、吹田営業所時代は東京に帰ったときに少し運転する程度だったが、今回の沖縄転勤が決まったときに、東京から船便で送ることにした。今週末には沖縄に届く。届いたら沖縄の海を見ながら走ってみよう。本社にもう一度電話して、他社からの移籍でもいいか確認を取った。問題ないということだったので、まず亀井君に電話してみることにした。あのときもらった名刺は確か東京の自宅の名刺ファイルに整理したはずだ。早速、琴音に電話してみた。すぐに琴音が電話に出た。

「無事着いたよ。昨日はいろいろとありがとう」

「私も久しぶりにゆっくり話をして、買い物や散歩もできて嬉しかった。一泊延ばしてくれて、それもとても嬉しかった。安心できたのか、久しぶりにぐっすり眠れちゃった」

「僕も嬉しかったよ。でも琴音がぐっすり眠れたのは、久しぶりだったので激しかったからじゃない？　疲れた顔して眠ってたよ」

「そんなこと絶対ない！　でも、そんな冗談言えるくらい元気になったのが、本当に嬉しいわ」

琴音にそう言われて、少し目の奥が熱くなった。後悔の念を強く感じた。これからどうなるか不安だらけだけれど、自分のためにも、家族のためにも、沖縄で頑張らなくては。

「ところで沖縄、どう？　前に行ったことあるって言ってたけど、変わらない？」

「うん、綺麗なビルが増えて、高速道路も増えたけど、青い空と海は同じだよ」

「私、沖縄行ったことないから、行ってみたいな。この夏は着任したばかりで忙しいだろうから、冬休みに大輝を連れて行っていい？」

「もちろん。楽しみにしてるよ。それまでになんとか営業所を軌道に乗せたいな。来てみたら、いきなり社員が一人辞めるというので面食らったよ。それでシビックを買ったときのセールスマンの亀井君に連絡を取りたいと思ったんだ。多分、名刺ファイルに入れたと思うので、探してくれない？」

「それでどうするの？」

「ヘッドハントしてみようかなと思って」

「東京で仕事がある人が沖縄に来てくれるかなぁ」という琴音の疑問は僕の疑問でもある。

「僕も難しいと思う。でも声をかけないと可能性はゼロだけれど、声をかければ可能性は少なくともゼロではなくなるよ」

「ちょっと待ってね、探してみるわ」

そう言って携帯を持ったまま走っていく様子が伝わってきた。

「あったわよ。携帯電話と会社の電話の両方書いてある。写メ送るね」


夕方なのでまだ営業所だろう。早速、携帯電話の方に電話してみた。

「はい、マスダオート世田谷営業所、亀井です」

呼び出し音1回で本人が電話に出た。

「久しぶり、角野です。元気で頑張ってますか？」

「わぁ、角野さん！　お久しぶりです。元気です。角野さんこそお元気ですか？」

「元気かどうか、うーん、イエスオアノーかな」

「どういうことですか？」

「話せば長くなるよ。実は今、沖縄から電話してる」

「休暇でいらっしゃっているのですか？」

「いや。左遷で大阪、そしてさらに沖縄まで飛ばされたんだよ」

「本当ですか？　お会いしたときは優秀なセールスマンというイメージだったので、そう言われてもピンとこないです」

「あのとき、亀井君から購入したＴＹＰＥ Ｒも、もうすぐ島流し仲間として沖縄に到着するよ」

亀井君相手ならこんな軽い冗談を言える自分のことが意外だった。亀井君が来てくれれば一緒に頑張れそうな気持ちが強くなった。

「車の調子はどうですか？　気に入ってもらえましたか？」

「とても調子いいよ。買ってよかった。でもそれがきっかけで、会社に希望を伝えて子会社に移り中古車販売を担当するようになったんだ」

「驚きました。僕からすると自分から希望して子会社に出向するなんて贅沢な話で信じられない気がしますが、なんとなく理解できる気もします」

「どういうこと？」

「角野さんが、本当に車がお好きなんだということは、ＴＹＰＥ Ｒに乗っていただいたときにすぐに分かりました。そういう角野さんだから、本当に車が好きな人に安くてもいい車を売りたいんじゃないかなと思いました。でもどうして沖縄なんですか？」

「実は、張り切って大阪に行ったのはいいんだけれど、家族と離れ、知らない土地で言葉や習慣も合わず、精神のバランスを崩してしまい、全く車を売れない状態になってしまったんだ。それで4人しかいない沖縄の浦添営業所に左遷されてきたんだ。一応、所長代理だけれどね」

「じゃ、栄転じゃないすか？」

「出たね、ないすか？が」

「すみません。つい嬉しくて」

「どうして亀井君が嬉しいんだい」

「僕は車を売るとき、買ってくれた人が少しでも幸せになって欲しいといつも思っています。だから角野さんの栄転が嬉しくって」

「それはいい考え方だ。いいと思う。まぁ、実際には栄転とは程遠いけどね」

「さて、久しぶりに電話して突然で驚くと思うけど、沖縄に来て一緒に仕事しないか？」

「いいですね。ぜひ」

「えっ、即決？　僕の方が驚いたよ」

「角野さんがなんの用もなく電話かけてくるはずがないと思って、そういう話じゃないかなと考えながら話を聞いていました」

「随分、勘がいいね」

「僕は他のことはともかく、人の気持ちを推し量ることは上手いみたいです。だから、買う気はない、とおっしゃった角野さんがシビックTYPE Rを試乗された瞬間に、これは購入されると思いました。今も話しぶりでなんとなく」

「なるほど。それにしても重要なことを簡単にすぐに決めるので驚いたよ」

「簡単ではありませんが、車を買っていただいたときからいつかこんな日が来るかもしれないという予感めいたものはありました。それに僕はまだ独身だし、家族持ちの角野さんよりはずっと気楽ですよ」

亀井君にそう言われて思い切って声をかけて本当によかったと思った。こんな奇跡みたいなことがあるなんて、精神的に不安定で営業成績も落ち込んだ状態で沖縄まで来たけれど、前向きにやっていけそうな気がしてきた。

「ありがとう。一緒にやろう。今の給料の2割増しで来てもらうよ」

「ほんとすか！」

「また出た、その言い方。嬉しいと出るんだな。お客さん相手の場合は気をつけてくれよ」

「分かりました、気をつけます。自分では意識したことなかったですが、そう言われると嬉しいときに出てしまうのだと思います」


「浦添営業所は僕以外に3名いるけれど、そのうち一番のベテランがもうすぐ辞めるんだ。実はその人が全体の9割を売っていたんだ」

「その人の後任ですか？　それは荷が重いです。そんなに売る自信がありません」

「いや、車好きの亀井君なら多分大丈夫だと思う。それに9割といっても、浦添営業所は全体の売り上げが全国でも一番少ない部類だからしれている。目標はそれを2倍、3倍にして全国的に注目を浴びるくらいになることだよ」

「そんなこと言われるとますます心配になってきました」

「僕にいろいろとアイデアがあるから、なんとかなるかもしれない」

「多分大丈夫、なんとかなるかもしれない、って曖昧ですね」

「正直にいうと僕だって不安なんだ。でもここまできたらもう後がないなと思って、開き直った感じかな。これが僕に用意された道だと思うことにした」

「その前向きの考え方、いいですね」

「この挑戦を亀井君と一緒にやってみたいんだ。もちろんリスクはあるので無理は言えないけれど。引き受けてくれないかな」

「ありがとうございます。お引き受けすることは、先ほどお伝えした通りです。リスクがあることも今のお話でよく理解しました。よろしくお願いします」

嬉しかった。こんなことがあるのか。これで一歩踏み出せる。

「いつ沖縄に来られる？」

「上司に相談してみますが、今の職場に迷惑はかけたくないので、1ヵ月くらいかかると思います。それでいいですか」

「もちろんだよ。営業所を辞めていくうちのエースも、次の人が来て引き継ぎが終わるまではいます、と言ってくれている。亀井君が合流してくれるまでいろいろと新しい戦略を考えておくよ」

「新しい戦略というのはどんなこと考えているんですか？」

「いくつもあるので、来てくれてから具体的に相談する。僕は凝り性なので、考えて企画することは好きなんだ」

それにしてもあれだけ精神的に参っていた僕が、3日間東京に戻って家族で過ごしただけでこれだけ前向きな気分になれたことに、自分でも少々驚いた。大阪の病院で多めにもらってきた鬱の薬もこの3日間は一度も服用していない。人の気持ちというのはちょっとしたきっかけで前向きにも後ろ向きにもなるんだ、と体験できたことは、営業所長としてこれから役に立つだろう。その夜、琴音に電話して亀井君が沖縄に参加してくれることを伝えたら、とても喜んでくれた。

「驚いたけど、本当によかったね。結構、人望あるんじゃない。車を1回購入しただけの関係の人が東京から沖縄まで来てくれるなんて」

「僕も驚いたよ。あまり期待しないで電話してみたけど、電話してみてよかったよ。なんとか沖縄で頑張ってみるよ。なかなか一緒にいれなくてごめん」

「今が大事な時期だということ分かってる。東京から大輝と2人で応援しているから頑張ってね」

「ありがとう。いろいろな企画を考えているんだ」

前向きな気持ちで返事ができた。琴音は、

「あなたはいろいろ工夫して人を喜ばせることは得意だからきっと上手くいくよ」

と励ましてくれた。

変革

住む場所は会社が浦添営業所近くのアパートを用意してくれた。1LDKだが天井が高く結構広い。部屋は3階にあり、リビングの窓からの景色は一面が海だ。窓から隣の建物の壁しか見えなかった大阪のマンションの狭い一室に比べれば格段にいい。これなら塞ぎ込むことはなさそうだ。階段で1階まで下りて外に出ると夏の日差しが強い。海から渡ってくる風は爽やかで、暑さも含めて心地よい。営業所までは歩いて10分。海沿いにあるパルコシティというショッピングセンターも歩いて10分くらいの便利さだ。

翌朝は早く目が覚めた。青い海の向こうに、部屋と同じくらいの高さまで太陽が昇っていた。そこから届く光の束がリビングを貫いて奥の壁に届いている。海を見ながらゆっくくりとコーヒーを飲み、昨夜コンビニで買っておいたサンドイッチを食べた。外に出ると、太陽の光と開放感で身体に熱を感じた。営業所に着くと山田さんと平良君は既に出社して、簡単な掃除をしていた。9時10分前、いい傾向だ。

「おはよう。ご苦労さま。城間さんはまだかな、平良君」

「城間主任は大体9時半頃です。朝はあまり得意ではないみたいですが、営業開始の10時までには必ず来られます」

「よし、掃除が終わって城間さんが来たら会議をしよう」

所長室は四畳半くらいの部屋に机が一つとソファがおいてあるだけだ。山田さんに、会議に使えそうな机と椅子があるか聞いたら、多分、倉庫にあったと思いますということだったので、一緒に探しに行くことになった。平良君にも声をかけて3人で一緒に倉庫に行った。4人で座って話ができそうな、天板が正方形のベージュ色の机を見つけた。充分綺麗なのでこのまま使えそうだ。簡単なパイプ椅子がその横に積み重ねてあった。

「これを所長室に運びましょう」と伝えて椅子に手をかけたら、

「所長は一緒に運んでくださるんですね」と山田さん。

「これを全部2人で運ぶより、3人で運べば一度で済むから効率的でしょ」と伝えたら、2人は「なるほど」と言って顔を見合わせた。

「なんか変ですか？」

「前の所長は威張って命令するだけで自分は何もされませんでした」と平良君。

「そうか、でも僕は歳も近いし、なんでも皆と一緒にするよ」

3人で机と椅子を運んでいると城間さんも出勤してきた。

「どうされたんですか？　朝から」

「所長室に机を運んで、これから戦略会議をします」

単に会議と言わず戦略会議と伝えたのは自分なりの覚悟を表現したつもりだ。

「分かりました。途中でお客さんが来られたら私が応対します」

会議を始めたのは10時を少し回っていた。それでは所長どうぞ、と城間さんに言われて立ち上がって話し始めた。

「営業所について気づいたことや、これから進めるいくつかのプロジェクトについて話をします。本営業所の最近の業績を調べました。売り上げが以前よりも低迷しています。この業績を劇的に改善し、全国的にも注目される営業所にするのが目標です」

「意気込みはよいと思いますが、簡単ではないと思います。何か具体的な方策はお持ちですか？」

城間さんの質問だ。

「いろいろと考えてきました。僕が考えてきたことをたたき台として皆で議論しましょう。まず、僕にとって車は、いつでもどこでも好きなところに行けるという自由そのものです。そんな気持ちを特に若い人に伝えたいです。車の好みや車に対する考え方はいろいろです。車が自分のアイデンティティである人もいれば、単に安全に走る安い車が手に入ればいいと思う人もいます。でも皆さん気持ちよく購入したいと思うはずです。それなのに、この営業所の中には冴えない長机があるだけでパッとしません。まず、ここから変えましょう」

「確かにおっしゃる通りです」

城間さんの反応に対して僕は続けた。

「皆で掃除して綺麗にして、洒落た机を購入するのもいいと思うし、壁を明るく塗るのもいいでしょう。それから壁は単に綺麗にするだけではなく、お客さんが撮った車関連の写真を貼る場所を作りましょう。そして一番いい写真を選んで毎月表彰しましょう」

皆、顔を見合わせている。変なこと言うと思われているのかな。

「次に、これから進めたいと思っている企画について話す前に、一つ皆さんに報告があります。城間さんの後任が昨夜決まりました」

僕が皆にそう伝えると平良君が質問した。

「仕事が早いですね。どんな人ですか？」

「東京で中古車を売っているセールスマンの亀井君です。20代の若手で、5年前の夏に僕がこの人からシビックのTYPE Rを購入したという繋がりです。亀井君は、車のことをよく知っているうえに相手の考えていることを予測することに長けており、戦力になるでしょう。8月の終わりくらいには沖縄に来てくれるそうです。城間さん、それまでの業務と亀井君への引き継ぎお願いします」

「了解しました。仕事が早くて驚きました」

「いえいえ、たまたま運がよかっただけです。城間さんほどではないかもしれませんが、強力な助っ人が決まって良かったです。城間さんが抜ける大きな穴を埋めるために、もう一人若手の人を探そうと思います」

後任がすぐに決まったことについては、失礼がないように気をつけて話した。自分から辞めると言ったとしても、1日で後任が決まったことで、あまりいい気はしないだろう。

「本題に入るまでに皆さんの特技があれば聞かせてもらえますか？　山田さんはスケッチやイラストが得意だということですが、平良君はどうですか？」

「特技というほどではありませんが、高校のときにロックバンドでギターを弾いていました。他には卓球を少しです」

「それはいいですね。僕も音楽系サークルでロックバンドをやっていました。担当はベースでした。皆でバンドができるかもしれません。山田さんはキーボード弾けませんか？」

「『ネコふんじゃった』や『ゾウさん』くらいなら弾けますけど、キーボード弾けるとは言えません」

山田さんのできない宣言を無視しつつ続けた。

「これで3人、あとはドラムとボーカルだけだ」

「キーボードなんて無理です」

困った様子も魅力的だ。山田さんは沖縄ではどちらかといえば珍しい一人っ子で、小学校の先生をしている両親に厳しいながら大切に育てられたらしい。小さい頃から一人で絵を描いているのが好きだったそうだ。

「別にバンドデビューするのではないので上手くなくても大丈夫です。皆で一緒に演奏すると楽しいから、機会があったらスタジオ借りて練習してみましょう」

「さて、前置きはこれくらいにして企画の説明をします。考えているのは、売り方、サービス、営業形態に関する3つの企画です。ただ、まだ全部決めたわけではありません。優れたアイデアは議論しているときに出ることが結構あります。だから皆で意見を出し合いましょう」

聞いている3人の反応は分からないが、僕の出方をうかがっている様子だ。

「まず、売り方についてです。今は3人が別々に車を売っていると思います。それを変更して2人1組で車を売ることにします。そうすることによってお客さんからの連絡を受けたときに片方が不在でも、どちらかが対応できるという利点があります。インセンティブに関しては最初にお客さんを見つけた人が8割、もう1人が2割ということで、チームで販売してもらいます」と話をしたら、山田さんが手をあげた。

「はい、なんでしょう、山田さん」

「私は今まで事務仕事が中心で車のこともあまり知りませんし、車を売ったことはほとんどありません。誰かと組んでその人のインセンティブの2割をいただくのは申し訳ない気がします」

なんと控えめな意見だろう。チームワークを考えると悪くはない。

「でも目標は皆で協力することによって販売数を2倍、3倍に増やすことです。そうすればインセンティブが減ることはない。大事なのは協力して1＋1を2以上にすることだと考えてください」

「なるほど、努力します。それで私は誰とペアになるのでしょうか？」

「今度来る亀井君とペアを組んでもらうつもりです。亀井君は沖縄が初めてなので、いろいろと教えてあげてください。もう1人沖縄の若い人を雇って、その人は平良君と組んでもらうつもりですが、それまでは平良君は城間さんとペアです。ペアの相性は大事なので新しく雇用する人の面接には平良君に付き合ってもらいます」

「了解です」と平良君と城間さん。

「1ヵ月後に参加してくれる亀井君は明るくて爽やかな人です。それから僕が担当するお客さんの場合も山田さんに手伝ってもらいたいけど、いいかな？」

「えっ、所長もご自分で車売られるんですか？」

「もちろんです。4人しかいないので業績を伸ばすためには当然です」

実は車を売っても所長にはインセンティブはつかない。でもそんなこと言っている場合ではない。

「次に車を購入していただく方へのサービスです。今は購入してくださったお客様に何

かしていますか?」と聞いたところ、城間さんが、

「本社から特に指示もありませんし、特別なことはしていません。購入時に車に飾るマスコットでもプレゼントしますか?」と提案してくれた。

「そうですね。それもいいと思います。とにかく車を当店で買ってくださったお客様がここで購入してよかったと思ってくださるようなサービス、記念になるようなことをしましょう。私が考えていることは先ほど一つ増えて2つになりました。インスタントカメラで撮影をして記念にお客様に渡す店がありますが、当店では山田さんのイラストを活用したいと思います。車の前に購入者に立ってもらい、山田さんにイラスト描いてもらえればと思いますが、山田さん、どうかな」

「それなら私も役に立てそうだし、イラスト描くのは大好きなのでぜひさせてください。お客さまにずっと立っていてもらうのは申し訳ないので、車のところで一度ポーズを取ってもらって構図を大体決めたら、あとは購入手続き中に顔を見ながら描けると思います」

積極的でいい感じだ。

「そのイラストを店のロゴを入れた額に入れてプレゼントしよう」と僕が言うと、山田さ

んが今度は別の提案をしてくれた。

「記念品にはいくつか選択肢はある方がいいと思います。私がイラストを店のロゴ入りで描きますから、できればTシャツを作ってください。希望するお客さんにはそちらをお渡しすればよいと思います」

「それは素晴らしい提案です。街やビーチでそのTシャツを来た人が宣伝も兼ねてくれそうだ」

とにかく、アイデアには賛辞を送る。でもこれは実際に役に立ちそうな提案だ。皆で議論すれば一人で考えるよりずっと可能性が広がることを実感した。なんとかなりそうな気がしてきた。


「もう一つのサービスは先ほど平良君がギター弾けると聞いて思いついたのですが、バンド演奏です」

「バンド演奏をお客様にお聴かせするということですか？」

今度は平良君が質問してくれた。いろいろと意見や質問が出るのはいい傾向だ。低迷している浦添営業所だけれど、これならなんとかなるかもしれない。

「お聴かせするだけなら相当のレベルの演奏をしないといけません。それより、お客さんの歌いたい歌をいくつか伺って、僕らが演奏できそうな曲を選んでお客さんに歌ってもらいます。そしてそれをスタジオで演奏したものを録音してCDかUSBメモリーに入れてプレゼントするのです。スタジオによっては無料で簡易録音できるところがあり、結構クオリティの高い録音ができます」と言うと、平良君が、

「それは斬新なアイデアですね。人によっては歌うより演奏したい人もいると思います。そういう場合には楽器を演奏してもらうのもいいと思います」と反応する。そうそう、その調子。ますますいい雰囲気になってきたぞ。

「確かにそれもいいね。でもお客さんが楽器を演奏したい場合、問題は歌だ。歌が下手だと録音しても聴く気がしないと思う。誰か上手い歌い手はいますか?」

「僕はギターとボーカル担当でしたので、それなりに歌えます。山田さんも結構上手いです。でもなんといっても城間さんです。素人離れした歌です。音域も広く、音程やリズムも安定しています。上手いだけではなく、歌に心があります。曲によっては城間さんに

お願いするのがいいと思います」

辞めていく城間さんに頼む？　戸惑った。

「でも辞める人にお願いするわけにもいかないかな」

「大丈夫だと思います。辞めるといっても沖縄にはいらっしゃるということですし、マイクを持ったら絶対離さないタイプですから。ねえ、城間さん」

そう言われた城間さんは、その場で立ち上がって、マイクを持つふりをしながら答えた。

「大丈夫です、所長。歌うのは大好きですし、それがＣＤになるなら喜んで伺います。

もちろんボランティアです」

「ありがとうございます。ぜひ、お願いします」

「所長はアイデアマンですね。楽しい職場になりそうです。私は辞職を早まったかもしれません」

「この営業所で一緒に働いていただいた城間さんも家族同様です。ぜひ、バンド演奏、カラオケで側面から支援をお願いします。営業成績が2倍くらいになり、そのときにまだ一緒に仕事していただくお気持ちがあれば、本社に人員増加をかけ合います。業績を倍に伸ばせば多分大丈夫です」

歌が上手い城間さんが喜んで手伝ってくれると聞いてとても嬉しくて、つい大風呂敷を広げてしまった。ホントに大丈夫なのか？

「ありがとうございます。お手伝いさせていただきます」

「もう一人、若手を雇うときには、できればドラムができる人がいいですね。もちろん半分冗談だけれど」と言いながら続けた。

「スタジオ代などのコストは、最初から会社の経費というわけにはいかない。軌道に乗ったら会社と交渉してみるとして、それまでは僕が練習のためのスタジオ代は払います。カラオケ代は割り勘でお願いします。音楽を皆で一緒に楽しく練習して、営業所の連帯感もでき、お客さんに喜んでもらえて、車もたくさん売れる、いいことずくめです」

2つ目の提案を締め括ろうとしたら、城間さんがもう一つ提案してくれた。

「でもオーソドックスに車のところで記念撮影が希望という人は結構いると思います。それも選択肢に入れておく方がいいのではないでしょうか？」

「山田さんが可愛い服、あるいはコスプレでもして車と一緒に写真に入ってくれれば喜ぶ人も多そうですね。３つ目の選択肢、採用です」

「分かりました。でもこの歳でコスプレはちょっと恥ずかしいです」

「大丈夫だよ。20歳でも通るから」

と平良君がコメントする。いいです。僕もそう思う。

「記念写真もイラストと同じように山田さんデザインの額に入れてプレゼントしましょう。それから、明日から制服じゃなく好みの服装での出社を歓迎します。ただし、仕事なので最低限のマナーは必要です。また、店員であることが分かるように名札だけはつけてください」

「会社の方で問題になりませんか？　制服を勝手に廃止して」と城間さん。

「廃止ではなく、あくまで自由化です。報告しなければ本社には分からないでしょう」

だんだんと話がまとまってきたが、さらに皆の意見を求めてみた。

「ここまでで何か他にアイデアはありますか？」

「壁に写真はとてもいいと思います。同じように場所を作ってお客様の子供さんが描いた車の絵や、ドライブした場所の絵を、飾るのはどうでしょうか？」

「さすが、城間さん。子供がいる人の意見です。それもとてもいいアイデアだと思います。採用です」

「さて、３つ目の営業形態についてです。これが一番大変ですが、上手くいけば販売促進には一番効果がある戦略です。異例ですが、当営業所はレンタカー業者と提携したいと思います」

「レンタカーと提携って、どういうことですか？」

今度は平良君の質問だ。

「近隣の複数のレンタカー会社に当営業所の在庫車リストを定期的に回して、レンタカー会社が保有する同一車種をチェックしたリストを戻してもらう。そして車を買いに来られたお客さんが興味を持たれた車と同じ車種を保有しているレンタカー会社を捜します。そこで車を借りて数時間～１日程度その車をお客さんにレンタルしていただき、普段走っている道を普段通りに走って評価してもらいます」

「なるほど、それは斬新なアイデアですね。普段生活の中で走っている道を走っていただく試乗、車好きの人を惹きつけそうです」と城間さん。

「そう思います。それからお客さんが購入を決めた場合にはレンタカー代は当営業所で支払います。かなり面倒ですが、私なら間違いなく、そんな中古車屋で車を購入します」

「でも実際に購入する車の調子は分かりませんね」と平良君。

「その通りです。型が同じというだけですから。もちろん実車の通常の試乗もしていただきます。それでその車の調子は分かるはずです」

「分かりました。簡単ではありませんが、上手くいけば面白いと思います」

このアイデアの原型は大阪時代に思いついた。木南所長にレンタカーも一緒に営業することを提案したが、「そんなんシステム的に無理や。それにやってもそんなに儲からへんやろ」と一蹴されてしまった。確かに後で調べるとレンタカー営業の許可を取るだけではなく、他にもいろいろと克服すべき点が多かった。そこで考えたのが今回の方法だった。

他の所員にも「戦略／ストラテジー」という言葉が定着しつつある。これもいい傾向だ。

これで僕の提案は今のところ全部だが、結構、質問や新たな提案が出て白熱した。皆で力を合わせればなんでも突破できそうな気になってきた。今日は外で宴会というより営業所でと思い、店を閉めた後に近くのショッピングセンターで食料とアルコール、特に沖縄の泡盛とオリオンビールをたくさん購入して営業所で宴会をした。会計は僕が払った。この営業所を盛り上げて行くためにはこの程度の出費は当然だ。昼間、片付けて綺麗にした机で飲食を共にして親睦を図り、大いに盛り上がった。皆、結構飲んで上機嫌で帰っていった。いい滑り出しだ。

そう思いながら沖縄の2日目の帰途についたときにふと空を見上げて驚いた。東京や大阪では見たこともない夥《おびただ》しい数の星が目に入った。星が降る、というのはこういう空のことなんだ。空の上方で光る帯のようなものが見える。それが天の川だということに気がつくのに少し時間がかかった。こんなの見たことない。感動とか衝撃的という言葉では到底表すことができない。満天の星、天の川、そして周りの静寂、明日からの仕事への期待が高まった。

トラブル

翌日、起きると頭が重い。昨夜は皆で少し飲みすぎたかもしれない。コーヒーとヨーグルトで軽めの朝食を済ませて外に出た。時間は午前9時少し前、既に太陽は相当な高さまで登っている。今日も夏の暑さはそのままで、一面が青い空も昨日と同じだ。海からの風を背中に感じて営業所までゆっくり歩いて行く。営業所に入ると、今日は早めに出社している城間さんが掃除をしてくれていたので声をかけた。

「おはようございます。昨夜はお疲れさまでした。いつか城間さんの歌を聴かせてください。ところであとの2人はまだですか？」

「そうですね、カラオケはいつか機会があればぜひ。2人はまだ来ていません。昨日飲みすぎて起きられないのでしょう。昨夜の会議、いや戦略会議でしたね。とてもよかったです。山田さんはいつも控えめで会議でもほとんど発言しませんが、昨日は結構発言していたので驚きました。所長の会議回しがお上手だったのでしょう」

「いえいえ会議は得意ではありません。でも新しいことを試して皆を喜ばせることは好きなので、山田さんはそこに反応したのでしょう」

「いずれにしても、この営業所に希望が出てきた気がします。早く売り上げを2倍にして私を呼び戻してください」

「早々に後任を決めてしまい申し訳ありませんでした」

「とんでもないです、私が辞めると言ったときに、所長には引き止めていただきました。翌日に後任が決まるとは思っていませんでしたが、所長が謝られる必要はありません」

「ありがとうございます。ところで、初日の突然の宣言で驚き、聞く余裕がなかったのですが、ここを辞めてどんな仕事をされるのですか？」

「那覇にあるデパートで営業の仕事をすることになります。初めての経験なので自信はありませんが、熱心に誘ってくれる人がいたので、決めました」

「デパートでも、城間さんの営業力は役に立つでしょう」と話をしていると、9時半少し前に平良君が出社、就業時間は9時からなので30分の遅刻だ。

「遅くなってすみません。昨夜飲みすぎました。以後、気をつけます」


「山田さんがまだですね」と平良君。

「確かにまだ来ていないですね」

「昨夜帰るときに遅くなってしまったので、少し心配です」

「心配って何が?」

「山田さんは独身ですが、同棲している彼氏がいます。そいつが嫉妬深くて、怒るとDVが出るんです。まぁ、結婚していないからDVといえるかどうか分かりませんが」

「それはいけませんね。僕がその男と話をしてみましょうか?」

「いや、やめとく方がいいです。相手は20歳くらいのヤンキーっぽい若者で、所長が出て行かれたらボコられるかもしれません。それに山田さんはそいつのことが好きで、彼女の方が離れられないんです。どうしようもないです」

「確かに他人が口出しすることではなさそうです。なんとかいい方向に行くことを期待しましょう。さて、平良君にはもう一人若手を雇用する手伝いをしてもらいます。平良君の知り合いで仕事を探している車好きの人がいれば一番の候補ですが、どこかで募集もかけますか?」

「こういうときに使う募集サイトがあります。また、友人のクチコミも含めて、両面から探してみます」

「よろしくお願いします。さて、城間さんと私は、近隣のレンタカー営業所を回り協力してくれるところを探しましょう。保有車のリストを1ヵ月に1回くらい提出してもらうのはやや面倒でしょうが、車を借りる人が増えればレンタカーの営業にプラスなので協力してくれるところはあるはずです」

これで考えていることを大体説明したことになる。

午後になって山田さんが出社してきた。泣き腫らしたような顔に少しあざもある。さあ、これからと思っていただけに出鼻を挫かれてしまった。

「大丈夫？」

「遅くなって申し訳ありません。あまり大丈夫とは言えませんが、いつものことです。平良君から少し聞かれましたよね、きっと」

「はい、大体の事情は聞きました。何かできることがあれば言ってください」

「ご心配おかけしてすみませんでした」

山田さんの表情は意外と明るい。帰りが遅くなった理由を説明して、彼に納得してもらったのだろう。そういえばさっき店の外に出て平良君が電話していたな。平良君が山田さんのため証言してあげたのかな。

「山田さん、今日はまず昨日の戦略会議で話し合って決めた3つの柱について議事録みたいなものをまとめてください。次に車を購入していただいたお客さんへのサービスをイラストでまとめて、お客さんに分かるように作成してみてください」

「バンド演奏でレコーディング、車と私と一緒の記念撮影、私のイラストと額縁、Tシャツですね。それから壁の写真と絵でしたよね」

早速まとめてくれた。控えめだけれど、とてもしっかりしている。

「よく覚えていますね。凄いです」

「ユニークなアイデアが多いので忘れません。その仕事が済んだら、Tシャツのデザインと、私のイラストを入れる小さな額のデザインも考えてみます」

目を輝かせて楽しそうに言ってくれた山田さん。額を購入して浦添営業所ののロゴを貼ってもいいのだが、できることなら自分たちでデザインしたオリジナルのものがいいと思っていたのでピッタリだ。

「額のデザインも考えてくれるのは凄くいいいと思う。浦添営業所らしいオリジナルデザインをお願いします」

「はい、承知しました」

山田さんの顔のあざは痛々しいけれど、元気な様子が嬉しい。

TYPE R

僕が沖縄についた週の土曜日に、海を渡って東京から僕のシビックTYPE Rが営業所にやってきた。大阪での3年間は、東京に帰省したときに走る程度だったので車と一緒にいる時間は長くなかった。特に精神的なバランスを崩してしまった2年間は、東京に戻る回数も減り、たとえ帰京してもドライブという気にもなれなかったので、ほとんど乗っていなかった。大好きな車を大阪に持って行かなかったのは、東京のマンションの駐車場のいい場所をキープしたいとか、大阪のアパートの近くで借りると駐車料金が高めであるなど、今から考えるとどうでもいい理由だった。大好きな車を運転する機会が減ったのも、精神的なバランスを崩した原因の一つだろう。沖縄には車を送り、車と一緒に頑張ることにした。今回は、沖縄赴任前に東京に戻り琴音と大輝を連れて近くのショッピングセンターに車で買い物に行った。長い距離は走らなかったけれど、気持ちが和んで解放される感覚が蘇った。今日は仕事が終わったら沖縄の西海岸をずっと北上して万座を通り、オクマの方まで行ってみよう。そう思っていたら、営業所の３人が事務所から出てきた。平良君が車を見て僕の代わりに解説してくれた。

「シビックＴＹＰＥ Ｒですね。モデルチェンジしてパワーアップしてからのモデルなので、２０００ccのターボ付きエンジンで３２０馬力*ということで評判になった車ですよね」

「さすが平良君、詳しいね。今日、仕事終わったらオクマあたりまでドライブ行くけれど、一緒に行って、少し運転してみる？」

「ほんとですか？　ぜひ運転してみたいです」

「山田さんはどうする？」

「ご一緒したいですが、昨夜のこともあるので、今日は早く帰宅します」

「それはそうだ。城間さんはどうされますか？」

*現在は３４０馬力になりました

「私もいいんですか？」

「もちろんです」

「ＴＹＰＥ Ｒには私もとても興味があります。ぜひご一緒させてください」


皆、やっぱり車が好きなんだな。城間さんともいい仲間になれたのかもしれない。その日の男３人のドライブは、３人で運転を交代しながら車の話で大いに盛り上がり楽しい夜となった。城間さんも平良君もシビックＴＹＰＥ Ｒを絶賛してくれたが、自分が褒められているような気分でとても嬉しい。でも僕にとってその日の一大イベントは男３人の楽しいドライブではなかった。平良君が今日は晴れているから星が綺麗に見えると思います、と言ってオクマの外れのビーチに連れて行ってくれた。車のエンジンを切り電気を消して外に出ると、月明かりもないのに結構明るい。空を見て驚いた。昨日の夜も驚いたけれど、今日は周りが暗いことも手伝って比べようもないくらい素晴らしい。満天の空に様々な強さと色合いの星が散りばめられて、明るい天の川が空の上方から遠くに向かって流れている。もうどんな表現も、説明も、この夥しい数の星で飾られた空の下では無意味だ。この空を冬休みに遊びに来る大輝と琴音にも見てもらいたい。

空を見上げていた僕の側には気がつくと城間さんが立っていた。しばらく2人で並んで空を見ていたが城間さんがおもむろに切り出した。

「所長は凄いですね。3日前までどんよりとして活気がなかった営業所の雰囲気が2日でガラリと変わりました。所長と一緒に仕事したかったというのが正直な気持ちです。残念です」

「上手くいくかどうか、今のところなんの保証もありません」

やはりリーダーの役割は大事だ。苦しかった吹田営業所で得た教訓と言える。ただ、今のところ、まだ自身の精神面も含めて不安は大きい。全てはこれからだ。

翌日から僕は歩いて10分の距離を車で通勤するようになった。いつも車と一緒に頑張ろうという気持ちだ。それに、車を近くに置いておくと行きたいところにいつでも行けるという解放感がある。以前、車に対して感じていた気持ちが蘇った。車との親密なこの関係を忘れていた。輸送料は安くはなかったけれど、沖縄に車を呼んで本当によかった。

進捗

8月も終わりに近づき、体制が徐々に整ってきた。山田さんのデザインは素人離れしている。既にTシャツも額もできている。長身の平良君が中心となって新しく塗り替えてくれた壁に、写真を貼るスペースと絵を貼るスペースを作るために、コルク材を使った大きめのボードを購入して準備完了だ。僕の精神状態も皆と一緒に目的を持って頑張っているからか、仕事中は前向きな気持ちを保てている。でも仕事が終わり部屋に戻って一人になる夜や休日は不安な気持ちになることがある。そんな時はスマホで録音した『別れの歌』と『青空のエール』を聴くのが習慣になっていた。僕を応援してくれる人がどこかにいるんだと考えるだけで温かい気持ちになる。

今日は夕方の飛行機で亀井君が到着する日だ。「僕が迎えに行ってくる」と皆に伝えると「所長に行ってもらうのは申し訳ないので僕が行きます」と平良君。ただ、僕は顔も知っているし、なんといっても亀井君から購入したシビックTYPE Rに乗って迎えに行きたいと思っていたので、そう伝えて僕が行くことにした。城間さんからは「営業車ではなくご自分の車で迎えにいらっしゃると、万が一の場合は勤務外の事故とされる可能性が高いので気をつけてください」と念を押された。さすがベテランだ。

那覇空港に到着し、車を駐車場に停めて、亀井君の到着を建物の出口付近で待った。しばらくして東京からの飛行機が到着し、出口の自動ドアから人の波が流れてくる。亀井君は一番前を早足で歩いてくる。頼もしい。荷物は最低限だ。多分、必要なものは全部別便で送ったのだろう。亀井君は僕を見つけると、方向を少し変えて僕の方に向かってにこやかに微笑みながら歩いてきた。この登場を見ただけで、このリクルートが成功すると思った。白い綿パンにスニーカー、アズールブルーの半袖のポロ、決まっている。サングラスの色もブルー系だ。

「角野さん、ご無沙汰しています。所長自ら出迎えていただき恐縮です」

亀井君はサングラスを外しながら久しぶりの再会がとても嬉しいという雰囲気を身体いっぱいに表現して挨拶してくれた。

「元気そうだな。亀井君が来てくれて嬉しいよ。亀井君を迎えるのはシビックTYPE Rしかないと思って迎えにきたよ」と言うと、

「TYPE Rを購入していただいたときには、まさかこんな感じで、しかも沖縄で再会するなんて、想像もしていませんでした、と普通は言うところですが、実はちょっとはあるかなと思っていました。それが沖縄とは思いませんでしたが」

「僕はこんなことになるとは、想像もしなかったよ」

「車は相変わらず調子いいですか？」

「届いてから毎日乗っているけど、車も僕も元気だよ。TYPE Rから元気をもらってるよ」

「それを聞いて嬉しいです」

駐車場に停めてあったTYPE Rのところまで行き、亀井君を乗せて浦添の営業所に向かった。

「僕は沖縄初めてですが、意外と爽やかな天候ですね。もっと暑いかと思って覚悟してきたので、少し拍子抜けしました」

「気温は東京より高いことが多いけど、真夏でも湿度が低いので湿度が高い東京よりずっと過ごしやすいよ。それと夕方にはスコールが降って気温を下げてくれる日も多い」

「そうなんですね。少し安心しました」

「アパートは僕と同じところを用意してもらったよ。営業所の近くだけど、先にアパートに寄って行く？」

「いえ、営業所に直接連れて行ってください」

そう答えるときには一瞬僕の方を見たが、あとは外の景色に見入っている。

「海が綺麗だろ」

「本当です。沖縄の海って東京と色が違います。空も空気も海も全部、明るくて、気分が浮き立ちます」

「そう、いいところなんだよ、本当に」

沖縄を気に入ってくれそうでよかった。東京に彼女を残してきたのかな、ちょっと聞いてみたい気はするが、こちらからは聞かないことにしよう。今いる3人のメンバーについても、特にペアを組んでもらうことにしている山田さんについても、前もって説明すると先入観を与える可能性もあるので、直接会ってもらうことにした。


営業所に到着したら、山田さんが迎えに出てくれた。

「お帰りなさい、所長、早かったですね」

「亀井君が最初に搭乗口から出てきてくれたからね」

車を降りて亀井君に山田さんを紹介した。

「こちらが、亀井君とペアを組んでもらうことになっている山田さんです」

「山田美憂です。よろしくお願いします」

山田さんは挨拶して頭を深々と下げた。

「亀井です。こちらこそよろしくお願いします。ところで角野所長、ペアというのはどういうことですか？」

「まだ説明していなかったね。僕はこの営業所の売り上げを倍増させるために、いろいろと新しい戦略を考えたんだ。その一つが、顧客対応を通常の1人ではなく2人でするとなんだ。まあ、中に入ってからゆっくり話そう。山田さん、先月まとめてくれた戦略案とお客さんに渡すプレゼントの選択肢を描いたイラストを亀井君に渡してください」

「分かりました」

「じゃあ、僕は車停めてくるから先に中に入って待っていてください」

車を停めて事務所に戻ると、亀井君は机のところに座って山田さんがまとめてくれた戦略案を熱心に読んでいる。

「角野さん、まだ全部読んでいませんけど、これすごく面白そうです。あっ、失礼、角野所長でしたね」

「それを読み終わったら戦略会議を始めます。そのときに皆に紹介するよ。それから本当は所長代理だけれど、皆は所長と呼んでくれている。亀井君は呼び慣れた角野さんでもいいよ」

「ありがとうございます。でも、もちろん他の皆さんと同じく、所長と呼ばせていただきます」

亀井君が戦略案を読み終わった頃に皆を集めて紹介も兼ねて会議を行った。幸いと言っていいのか分からないが、現在お客さんは1人もいない。1ヵ月前に戦略会議を行い、いろいろと新しいことを始めたが、ようやく準備が終わったところである。これから冬のボーナスシーズンに向けての期間の成績が最初の試金石になる。ここである程度の成果が上げられないようだと戦略を考え直す必要があるだろう。

「それでは、亀井君の紹介も兼ねて第2回戦略会議を行います。今後は1ヵ月に1回、戦略会議を行います。そこで売り上げの状況を把握し、必要であれば、戦略に関して考え直すことにします。じゃあ、まず亀井君の自己紹介から始めましょう。亀井君」

「はい、今日からお世話になる亀井匠です」

山田さんと平良君からほぼ同時に「城間さんと同じだ」という声が上がった。名前だけじゃなく、城間さんと同じくらい車を売ってくれるといいけど。同業者の僕に上手く車を売った実績からは期待ができるかな。

「そうなんですね。それなら大先輩の城間さんに負けないよう頑張ります。皆さん、既にご存じのことと思いますが、僕は5年前の夏に角野所長に車を購入していただいただけの繋がりでした。今回、お誘いいただいて転職してきました。車を購入していただいたときに、角野さんが同業者と知り、いつかこういう日が来ることは、実はほんの少しだけ予想していました。沖縄は初めてですが、ここまで来る車の中から見た海と空に、もうすっかり魅了されてしまいました。今日からよろしくお願いします」

「亀井君ありがとう。それでは他の人にも簡単な自己紹介をしてもらいます。それではレディファーストで、山田さんからどうぞ」

「はい、山田美憂です。山田という沖縄らしくない名前ですが沖縄生まれの沖縄育ちです。30年間ずっと沖縄で沖縄から出たことがありません。車のことはあまり知りませんでしたが、所長のアイデアで、購入してくださったお客さんと車をスケッチするようになり、いろいろな形の車があるんだなぁと、だんだん興味が出てきました。私は亀井さんとペアになることになっています。車のことといろいろと教えてください」

ちゃんと年齢のことアピールしたな。あとで「そんなに歳だったのか」と思われたくないのだろう。そのとき、亀井君の方をチラリと見たら少し驚いたような顔をしていると思ったのは僕の思い過ごしではないと思う。亀井君は28歳なので、山田さんの方が年上か。大体、僕とも2歳しか違わないのだから驚きだ。

「さて、次は平良君お願いします」

「はい、平良良太です。僕は23歳で、今のところこの営業所で一番若いということになります。生まれは東京ですが、父が沖縄出身なので2文字の平良です。まだ自分の車は持てませんが、車が大好きです。少しでも長く車の近くにいたいので、この仕事を選びました。いずれは自分の車を持ちたいです」

平良君の父親は高校を卒業したときに沖縄を出て東京に行き、コンピュータ関係の会社に就職したそうだ。その会社で知り合った人と結婚したという。平良君は高校卒業後、一度は東京の大学に入学したが、大学での勉強に興味が持てず、1年で中退して父の故郷である沖縄に来た。浦添営業所に就職して今年で4年目だ。

「ありがとう。それでは最後に城間さん、お願いします」

「城間拓海です。私も車大好き人間です。米軍払い下げの古いオールズモービルにいまだに乗っています。1～2週で亀井さんに引き継ぎが終わったら退職して那覇のデパートで営業を担当します。亀井さんには私が知っているノウハウについて責任を持って全てお教えします。短い付き合いですが、よろしくお願いします」

自己紹介が終わった後に第2回の戦略会議に移った。

「1ヵ月前の会議で決まったことは皆さんの協力を得て、徐々に具体化してきました。まず、この1ヵ月で車は10台売れました。最近の平均より少し多かったです。購入に伴うプレゼントですが、山田さんデザインのTシャツが3回、ポラロイドを額に入れてプレゼントが2回、山田さんのイラストを額に入れてプレゼントが5回、演奏か歌を録音のケースはまだ一件もありません。今のところ、山田さんが大活躍です。ありがとう」

「いえ、趣味のイラストで楽しく仕事ができています。お役に立てて嬉しいです」

「問題はユニークなサービスが、まだ一般に知られるに至っていないことです。それから平良君とペアを組んでもらう人がなかなか決まらないことです。この2つの問題は一気に解決できるかもしれません」

と僕が言ったときに、平良君が「コンピュータが得意な若い人を採用するということですか？」と僕の考えを言い当てた。考える習慣がついてきたということだ。

「平良君、その通りです。考えが一致しましたね」

「僕とペアになる人の採用条件は、車が好きな若い人でしたが、今は車が好きな若い人は少数派です。若い人はスマホやゲームにお金をかけるけど、車を買うことには興味がない人が多いです」

「車への興味は来てから持ってもらえればいいというくらいで探し直しましょう。うちの営業所の発信は新聞の折り込み広告という古い手段とWeb上のホームページだけです。ここにさまざまなSNSを使って若い人を引き込むのです。コンピュータが得意な若い人が参加してくれれば、当営業所のユニークなサービスを若い人に知ってもらえると思います」

と僕が言うと、亀井君も「それはいいですね」と言ってくれた。他の2人も頷いているから、これで方向性は決まった。ここで普段から僕が考えていることを皆に伝えておこう。

「車をたくさん売るのも大事なことですが、少し大袈裟にいえば車文化を守ることも大事です。車が大好きな僕にとって若い人がだんだん車に目を向けなくなるのは寂しいことです。彼らに車の運転や車でどこかに行くことが楽しいんだと伝えて、車に興味を持ってもらうことを目標としたいです。つまり、車文化の継承に少しでも貢献したいのです」

「なるほど、目先の利益を求めて車を売ることだけを考えるより、そのほうが延《ひ》いては業界全体のためになりそうです。さすが所長は考えていますね」

城間さんが賛同してくれた。

「単なる個人的な好みかもしれませんが、僕にとって車は分身のようなもので、行きたければどこにでも一緒に行ってくれる自由そのものです。まあ、少し大袈裟ですが、それだけ車が好きということです。さて本題に戻って、誰かいい候補はいますか、平良君」

「車に興味はなくてもコンピュータに詳しい人、あるいはコンピュータオタクなら知り合いにも何人かいます」

「じゃあ、その中で誰かをリクルートしよう。何人か声をかけて明日から面接しましょう」

最後のピース

翌日、早速平良君の知り合いという18歳の住内家郎君という変わった名前の若者の面接をすることになった。住内君も沖縄出身、沖縄育ちで、沖縄から出たのは高校の修学旅行で九州に旅行したときだけだという。高校はなんとか卒業したけど、引きこもり傾向でパソコンとSNSばかりの生活をしているらしく、就職はしていないという。平良君によると車が好きという条件のため、引きこもりがちな住内君は候補から外していたけれど、SNSで浦添営業所を宣伝することを中心的な役割と考えれば最適の人材という。

約束の時間から10分遅れで住内君到着。引きこもりだから、この程度の遅れは仕方ないか。俯《うつむ》き加減で事務所に入ってくると小さな声で挨拶をした。

「………どうも……面接に伺った住内です……」

小柄で痩せ型、度の強そうな丸メガネをかけている。予想していた通りの雰囲気の引きこもり君といった様子だ。あまり会話も得意ではなさそうなこともあり、初対面はかなりネガティブな印象だった。所長室に招き入れて平良君と2人で面接を始めた。不思議なことに、所長室に入ると今までのおずおずとした感じはなくなった。受け答えも比較的しっかりしていて接客の問題もなさそうだ。コンピュータやSNSに関する知識は平良君の推薦通りかなりの高レベルだ。よし、この人に来てもらおう。

「面接は以上です。少し相談しますので、部屋の外に出て待っていてください」

「分かりました。ありがとうございます」

住内君は、2人に向かってお辞儀をした後、ドアを開けて出て行った。住内君が出て行ってから平良君に伝えた。

「よさそうな人を紹介してくれてありがとう。採用でいいと思うけれど、それでいいですか？」

「もちろんです。彼なら気心もしれていますし、僕はやりやすいです。でも引きこもりですが、本当にいいんですか？」

「ＳＮＳで浦添営業所を宣伝してもらうだけなら、ほぼ在宅でも大丈夫でしょう。ところで営業所に入ってきたときはかなりおどおどして声も小さくて難しいかなと思ったけど、面接が始まると結構しっかりとした受け答えだった。あのギャップはなんだろう」

「気がつかれましたか。彼は開放的な空間が苦手なんです。所長室は周囲を囲まれた密室です。そういう場所の方が落ち着くのだと前に言っていました。引きこもっている部屋も同じです」

「なるほど、そういうこともあるのですね。彼のために小さな部屋を用意できればいいかもしれません。すぐには難しいでしょうけど、いずれ小さなコンピュータ室を作ることも考えます」

「そこまでしなくても、倉庫の一部をそのまま使えると思います。部屋を作らなくても間仕切りで周りを囲めばそれできっと十分です。僕から彼に確認しておきます」

「それなら、すぐに出勤できそうですね。その方が平良君の不在時のサポートもできるし、SNSに掲載する記事の内容についてもいつでも相談できるから効率がいいでしょう。彼が車を売るとは思わないけれど、SNSの実力で貢献してくれることを期待しましょう。僕には別の目論見があるけれど、それは蓋を開けてのお楽しみにしておきます。じゃあ、中に入ってもらってください」

平良君が所長室のドアを開け、住内君に声をかけて入室してもらった。入室するときも丁寧にお辞儀してから席に着席した。常識的なところは外さない。大丈夫だろう。

「住内君、採用させていただきます。いつから来られますか？」

「本当ですか？　明日からでも参ります。ありがとうございます」

「狭い場所の方が落ち着くと聞いたので、そのうちにコンピュータ室みたいなものを用意できるかもしれないけれど、当面は間仕切りで囲って場所を作ります。平良君と相談して場所を決めてください」と言って契約書を渡し、よく読んでから署名して明日持ってきてくれればいいと伝えたが、今読んで署名してもいいですか？と言う。また机と席も今日セットアップして行きたいと言われた。ちゃんと決めて帰らないと不安なのかな。

「急かすようで申し訳ありません。両親が僕の引きこもりをとても心配しているので、一日でも早く安心させてやりたくて」

「それは、とてもいいことだ。それでは今日手続きしましょう。あ、それからもう一つ聞きたいことがありました。これは採否とは関係がないので気軽に答えてください。何か楽器演奏はできますか？」

「楽器は持っていませんし、実際に弾いたこともありません」

「そうですか」

やっぱりそんなに上手くいくわけがないと考えていたら、住内君が意外なことを言った。

「でも、コンピュータのソフトを使ってコンピュータ内でバンド演奏しています。だから大体の楽器はバーチャルでは演奏できます。ドラムも打ち込みで可能です」

思わず小さな声で、「ビンゴ！」と言ってしまった。

「え、どういうことですか？」

「実はね、購入記念として車を購入してくれた人と一緒に演奏して録音しようという企画を考えているのです。ベースとギターはいるけれど、ドラムを叩ける人がいなくて、キーボードはほんの少し弾ける人がいるので、ドラムを打ち込みで作ってくれれば素晴らしいよ」

「面白いことをお考えなのですね。キーボードもコンピュータでプリセットしておけば、ライブのときに打ち込みのドラムと一緒に流せます。それから僕はビデオを作るのも得意なので、DVDも作ります」

「それは素晴らしい。そうすればYouTubeにも映像付きで流せるので、お客さんが同意される場合にはYouTubeで流せば宣伝効果もありそうだ。いろいろと考えているプロジェクトをまとめたものがあるので、今日持って帰って読んでみてくれるかな。販促のアイデアがあれば考えて欲しい」

「分かりました。ネット使って宣伝するのは任せてください。昨日ホームページを探して拝見しましたが、SNSは使われていないのでしょうか?」

「まだなんだ」

「そうなんですね。若い人が見るのはいろいろなSNSですから、SNSは必要だと思うんですけど……」

「そういうところを住内君に強化してもらいたいんだ。よろしく」

「それでは、明日にでも代表的なＳＮＳのアカウントを作ってホームページにリンクするようにします」

「一つ、大事なことを言い忘れた。もちろん車を何台売るかが業績として問われるわけですが、ただ売り上げを上げるだけを目標にしたくないんだ。車に乗らなくなった若い人に車の面白さ、楽しさを知って欲しい、車の好きな人に気に入った車を見つけて欲しい、そして車を購入されたお客さんが皆幸せになって欲しい。これが本営業所の目標です」

「車のことに興味がない僕にどこまでお手伝いできるか自信はありませんが、ＳＮＳのことは任せてください。アカウントに掲載する記事の内容は平良さんや他の人とも相談します」

そうだった、車には興味がないのだった。もう一つの僕の目論見というのは、こういうネット中心の生活で車には興味がない若者に、車に乗ってみたいと思ってもらうことだが、簡単ではなさそうだ。まあ、気長に構えるしかない。住内君には、打ち込みのドラムやビデオ制作など、予想外のプラスアルファがあり、いい採用となりそうだ。

翌日には時間通り出勤できた住内君を皆に紹介した。2週間前に城間さんが転職したので、8月に33歳となる僕が最年長となった。一番若い住内君が18歳なので営業所の平均年齢がかなり若くなった。若い人にもたくさんの車を買ってもらえるといいけど。

住内君が参加してからSNS上でフォローしてくれる人が徐々に増え、なんと沖縄以外の人もフォローしてくれるようになった。県外からのフォローは売り上げには貢献しないが、注目されるのは悪くない。営業所に立ち寄ってくれる若い人も明らかに増えた。一歩ずつ目標に向かっている実感はある。販売台数は城間さんが9月からいなくなった穴を埋めるにはまだ少し足りないが、なんとかなるだろう。相変わらず山田さんの描くイラストを希望する人は多く、山田さんは忙しいけれど楽しそうだ。山田さんがデザインした額に山田さんが描いたイラストを入れた記念品をネットにアップしてもいいという人も結構多くて、SNS上を賑わしている。それを見て来店したというお客さんも増えてきた。バンドをバックにして歌ってCDやDVDにして欲しいというリクエストも、ちらほらと出始めている。最初の録音は皆さすがに顔面蒼白になるくらい緊張した。でも最初にバンドをリクエストしてくれたお客さんは仕事仲間で結成したロックバンドでボーカルを担当している人だったので、録音なども慣れたもので逆にいろいろと助言をしてくれた。場合によってはバンドメンバーに手伝ってもらうこともできると言ってもらった。この最初の録音ではビデオも撮ってSNSにアップした。バンドでボーカルを担当しているというだけあって上手い。アクセス回数も結構多くなったので宣伝効果もある。一方ではアクセス回数が増えるように、住内君がいろいろと工夫してくれているという。得難い人材だ。平良君の推薦を信じてよかった。住内君も浦添営業所に参加してよかったと言ってくれている。一緒に仕事している人が幸せになるのは大事なことだ。

レンタカー提携も評判がいい。借りた車を1日乗って購入を決める人が半分くらいいるし、その車を購入しなかった人でも、また別の車を借りて決める人もいる。予想通り、車好きな人に特に評判がいい。城間さんの退職後は亀井君がレンタカー会社とこまめに連絡を取り各レンタカー会社の保有する車をリアルタイムに把握してくれている。それにしても亀井君はさすがだ。全く知らない土地に来たにもかかわらず、城間さんと同じくらいの台数の車を最初の月から売ってくれたのには少々驚いた。本当にいい人に来てもらった。これもシビックTYPE Rのおかげだ。

亀井君にはもう一つ大きな変化があった。ペアの相方である山田さんに車のことを熱心に教えてくれた甲斐もあり、山田さんも徐々に車のことに興味を持つようになっていた。それにも増して2人の親密度が高まっていくのは側から見ていても分かった。今は全て上手くいっている。というより上手くいきすぎている。好事魔多しだ、気をつけよう。ほんの数ヵ月前、沖縄に来る前の自分の状態を考えると信じられない気持ちだ。

11月中旬になって、山田さんと亀井君が毎日のように同じ時間に出社して、同じ時間に帰るようになったことに気がついた。山田さんの帰る方向が以前は亀井君と逆だったのが、最近は同じ方向だ。そういえば最初の2ヵ月は僕と同じアパートだった亀井君は最近引っ越した。2人で住むことにしたのだろう。2人をペアにしたときにそうなればいいなと思っていたように、山田さんはとりあえずあのDVの彼氏とは別れることができたのだろう。事情を亀井君に聞いてみたところ、僕から交際を申し込んで付き合うことになりました。１週間前から一緒に住んでいますという簡単な報告だった。でもきっとそんなに簡単なことではなかったはずだと思い、こっそり平良君に聞いてみた。

亀井君が山田さんに付き合って欲しいと申し込んだときには山田さんは亀井君を慕う気持ちが強くなっていたが、まだＤＶの彼との同棲を解消できていなかったそうだ。その一件がＤＶの彼氏にバレて大変なことに発展しそうになったので、仕事が終わった後に、亀井君がその人を近くのファミリーレストランに呼び出して、山田さんと３人で話し合ったという。そのとき、ＤＶの彼氏は「お前を刺すことなんか簡単だぞ」と言って亀井君に凄んだそうだ。でも、亀井君には相手が虚勢を張っていることがすぐ分かったという。

「僕は将来この人と結婚して彼女をずっと守っていくつもりだ。山田さんは君のことを好きだったのかもしれないけれど、君には彼女を幸せにする覚悟はあるのか？　彼女に暴力ばかり振るっていたことはうちの営業所の皆が知っている。ことと次第によっては警察に連絡するつもりだけれど、それでもいいのか」

亀井君が毅然とした態度でこう言ってくれたことが嬉しかったらしく、山田さんは隣で泣いていたそうだ。男は亀井君にそう言われて、「覚えてろよ」と言って店を出て行ったという。実際には結婚云々は相手にプレッシャーをかけるために使った方便で、まだそこまでは約束していないそうだ。そのことがあった3日後、営業所が休みだった日に、平良君と住内君が山田さんと一緒に荷物をDV男のアパートへ引き取りに行った。そのとき、男は3日前の様子と違っておとなしかったという。きっと警察に通報されるのが怖かったのだろう。4人で山田さんの荷物を亀井君のアパートに運び、引っ越しは1日で完了したそうだ。この話を聞いて、営業所の仲間の結束が山田さんを救い出したような気がして、とても嬉しかった。

浦添営業所の11月の売り上げ台数は21台を数えた。ボーナスシーズンの12月は月初めから売れ行き好調で、このまま伸びれば月30台まで行きそうだ。所長を入れて5名のこの小さな営業所で月に30台、つまり一日1台は素晴らしい成績だ。若い人の購入が増えているのも頼もしい。山田さんは亀井君の影響か、免許とってみようかな、と車に興味を示している。住内君はといえば、彼のSNSを活用した宣伝の貢献度は大きいが、相変わらず倉庫にある机の周りを仕切った間仕切りの中で隠れて仕事をしている。まあ、その方が効率がいいならそのままでいいと思う。少しは期待していたが、住内君は車にはまだ興味は持てないようだ。そんなに簡単に人は変われないということだ。住内君の中で変わったことがあるとすれば、ドラム教室に通い始めたことだ。これまでもキーボードをプリセットして、ドラムも打ち込みで対応してくれていたが、尊敬する人のネットの書き込みに『打ち込みのドラムには魂がない』と書かれていたらしく、そのことで少し考えを変えたようだ。加えてもう一つきっかけがあった。車の購入者からCD／DVDの収録リクエストが入り、スタジオを借りて皆で練習するときに自分が打ち込んだドラムに合わせて、我々が演奏しているのを見て、皆で演奏するのは楽しそうだと思ったという。この2つが住内君がドラム教室に通い始めた理由である。あの引きこもりの住内君がドラム教室に通う。とても大きな変化だ。いつか車にも興味を持ってくれるといいのだが。

クリスマス休暇

沖縄に転勤して5ヵ月近くが経ち、その間大きく業績を伸ばすことができた。皆が力を合わせた成果だ。大阪でずっと上手くいかなかった経験やいろいろと考えたことも役に立っている。クリスマスイブの2日前に琴音と大輝が沖縄を訪れることになっている。夏に東京に戻って琴音と会ってから今までは仕事に没頭した。そして、昼過ぎに琴音と大輝が那覇空港に到着するという今日をようやく迎えることができた。滞在は26日まで、僕のアパートで3人泊まれないこともないが、せっかく久しぶりの家族との団欒《だんらん》なので、少し張りこんでオクマにあるリゾートを4泊予約した。今回は沖縄に来て初めての休暇を取ったが、営業所のことが心配だったので何かあったらすぐ携帯電話に連絡して欲しいと伝えてある。今日は空港の駐車場に車を置いて、搭乗口まで行って飛行機から出てくる2人を待つことにした。

お昼過ぎに飛行機が到着した。今回は少しでも沖縄にいい印象を持って欲しいと思って、通常のエコノミーより少しいいクラスの席を予約した。席は前の方なので早めに出てくるだろうと思っていたら、飛行機のドアが開くとすぐに大輝が駆け足で飛び出してきて、そのあとを早足で琴音が追ってくるのが見えた。大輝は搭乗口を通り抜け、「パパ」と言って僕にぶつかってきた。前回、東京で同じような瞬間があったが、そのときは荒涼とした気持ちが少し癒やされたので、自分の方が助けられた感じであった。今回は、しっかりとした気持ちで受けとめてやることができたと思う。後ろから小走りでついてきた琴音は息を少し切らせながら、明るい表情で近づいてきた。

「久しぶり。元気？」

最近はまた週に2~3回はSNSで顔を見ながら話して、営業所のプロジェクトのことや各メンバーのことなど、いろいろと話している。だから、沖縄赴任前に帰ったきり会っていなかったが、琴音も安心していたようだ。

「忙しくてなかなか東京に帰れなくてごめん」

「全然気にしてないよ。新しい職場で新たな試みをしている今が、あなたにとってとても大事な時期だということは分かってるから」

荷物をピックアップしてから空港を出て車を停めてある駐車場に向かった。

「12月というのに暖かいね。コートを羽田空港に預けてきてよかった」

「そうだよ。泳げるほどではないけれど、短パンと半袖一枚で1年中過ごす人もいるよ。離島の石垣島まで行けばこの時期でも十分泳げるよ」と言うと、横で聞いていた大輝が、「わぁー、今でも泳げるの」と質問した。泳ぐのが好きということは琴音から聞いていた。僕が知らないうちに泳げるようになったんだな。

「ここで泳ぐには少し寒いけど、もう少し南に行った石垣島というところなら泳げるよ」と話をした頃に、駐車してあったシビックTYPE Rが見えてきた。大輝は車に向かって走っていった。

「大輝、危ないから走らないで!」

大輝は琴音が言ったことも聞かず、先に車のところまで走っていった。

「僕はパパのシビックタイプアールが大好き」

3人で車に乗って北の方のオクマビーチを目指した。今日は、いつもと違って大輝が助手席に座っている。左に海岸を見ながら海岸沿いを北上するので海はよく見えるはずだ。いろいろある海沿いのリゾートの中でオクマのリゾートを選んだのにはいくつか理由がある。一番の理由は、普通のホテルではなくコテージ形式になっているので、家にいるみたいで落ち着くかと思ったことだ。この5日間だけでも3人で家族らしいことをしたい。

空港からオクマビーチまでは約100キロ、途中まで高速に乗る方が少し早く着くが、ずっと海沿いを北上すると海がよく見えるし、高速料金もかからない。時間も大きくは変わらなさそうなので、海沿いの道を走った。途中、浦添の営業所の前を通ったが、今日の午後から水、木、金と休暇を取っているので、思い切ってオクマリゾートに直行する。トラブルがあれば携帯電話に連絡するように頼んであるので、営業所のことは今日は皆に任せようと割り切ったつもりだった。でもどうしても気になってしまい、既に一度電話で営業所の状況を確認していた。電話に出た山田さんに「今日くらいは仕事のこと忘れてください」と言われた。

国道58号線を北上していくと、大輝は車の左側に見えるコバルトブルーの海に釘付けだ。

「パパ、海の色が普通と違うよ」

「そうだね。珊瑚礁があって遠浅になっているとああいう色になるんだよ」

「珊瑚礁ってなに？」

「サンゴというイソギンチャクの仲間が集まっている場所のことをサンゴ礁と呼ぶんだよ。植物みたいに見えるけど実は動物なんだ」

国道は嘉手納《かでな》の空軍基地を過ぎると残波岬《ざんぱみさき》をショートカットする形で内陸に入って行く。

「パパ、海が見えなくなったよ」

「大丈夫、しばらくしたらまた海が見えるところに出るよ。もっと綺麗だよ」

しばらくして内陸を抜け少し下っていくところで、目の前に急に海が広がる。ここから見る海は先ほどまでの海にもまして綺麗だ。大輝は「わぁすごい」と声を上げた。バックミラーで見ると琴音の顔も海の方を見て窓ガラスに近い。快晴の日でよかった。今日は雲一つなく、海の青と空の青がずっと遠くで繋がっている。ここからルネッサンス、ムーンビーチ、万座ビーチとリゾートが並んでいる。車はさらに北上して名護を過ぎて再び内陸に入る。ここまで来ると、あとは三分の一くらいだ。TYPE Rの走りも快適だ。オクマビーチは米軍の保養地に隣接した場所にあり、遠浅の海岸と綺麗な砂浜がずっと続くところだ。久しぶりの家族揃っての快適なドライブは2時間少々で3人をオクマリゾートに運んでくれた。車を停めてホテルのフロントに入ると、高さ10メートル以上もある教会風の天井、白とグレイの格子模様のフロア、真っ白いフロントデスクが南国情緒を醸し出している。大輝も琴音も驚いているようだ。チェックインしてコテージの場所を確かめた。フロントの隣の建物だ。部屋はメインコテージのメゾネットタイプにした。大輝はマンションにしか住んだことがないので、2階がある部屋を経験させてやりたかった。

部屋に入ると、大輝が「わぁ、広い。2階もあるよ」と言って階段を駆け上っていった。2階から下に向かって「2階にもベッドが2つあるよ。僕、2階で寝てもいい?」と大喜びだ。ちょっと張り込んでメゾネットにしてよかったと思いながら、

「もちろん、いいよ」と大輝に伝えた。

広いラナイ（ベランダ）もあり、簡単なテーブルと椅子が置いてある。ここで鮮やかな緑の庭を見ながらビールを飲むのもよさそうだ。でもビールは後にしてビーチに行ってみよう。

「大輝、ビーチに行くよ」と呼んで、用意してきたビーチサンダルを履いて3人で外に出た。冬なのに鮮やかな緑でふかふかの芝生が南国にいることを意識させてくれる。少し歩くともう海が見えてきた。やはりコバルトブルーの遠浅の綺麗な海だ。

「やっぱり海の色が違うよ」

ビーチに着いたら、大輝は波打ち際に向かって一直線に走っていった。真っ白な砂浜。ところどころ白いビーチパラソルがテーブルと2脚のリクライニングチェアに挟まれて立っている。背景は青い空とコバルトブルーの海。白いパラソルとのコントラストが眩しい。12月なので人はまばらだ。大輝が走っていくのを見ながら琴音がしみじみと言った。

「沖縄、来てよかった。忙しいのにいろいろと準備してくれてありがとう。久しぶりに家族でゆっくりできそうで嬉しい」

「いろいろと予定しているよ。楽しんでね」

「計画立てたり、人を楽しませたりするの、和ちゃん、ほんと得意だよね」

かずちゃん、久しぶりにニックネームで呼んでくれたのが嬉しい。

「それが仕事にも役立っているよ。さて、パラソルを一つ借りてくるよ。ビーチチェアに座って何か冷たいものでも飲もう」

ビーチフロントでパラソルを借りてから、氷入りの冷たい飲み物を3種類買った。大輝は波打ち際で波と楽しそうに戯れている。琴音とリクライニングチェアに座って波と海と空と砂浜を眺めながら、ゆっくりと流れる時間を共有した。

「琴音は今日何食べたい？　鉄板焼き、バーベキュー、バイキング、沖縄料理となんでもあるよ」

「じゃあ、和ちゃんが食べたい鉄板焼きにしよう」

「えっ、どうして分かったの？」

「だって、選択肢を並べるときにはいつも自分が一番いいと思うものを一番先に言うじゃない。分かりやすいよ」

「自分では気がつかなかった。よく観察してるね」

「そんなの簡単よ。大輝も分かってると思う」

「そうなんだ。知らなかった」


ビーチでのんびりしているうちに太陽の位置が低くなり、水平線に接したとき、大輝が走ってきた。

「太陽が海に沈むよ。どうなっちゃうの？」

「驚いただろう。でもあれば海に沈むのではなくて、海の向こうに行ってしまうだけだから大丈夫だよ。あんまりずっと太陽を見ていると目が痛むから直接見ないで」

地球と太陽の絵を砂浜に描いて大輝に説明し、自分のサングラスを渡した。東京ではなかなかこんな景色を見ることがないので、大輝には驚きだったに違いない。サイズが全然合わないサングラスをかけて太陽が水平線に沈んでいく方向をずっと見ていた。

「すごいよ、パパ。来てよかった」

「まだまだたくさん面白いことや驚くことがあるよ」

太陽は水平線に姿を隠し、それから空の色が夕焼けの赤からピンク、そしてコバルトブルー、ダークブルー、アイアンブルーと変わっていく。あっという間に暗くなった。

「あーあ、もう暗くなっちゃった」

「ほんとに凄いのはこれからだよ」

3人で先ほどチェックインしたフロントの方に向かって歩き始めた。18時になったときにフロント前のロータリーを中心としてイルミネーションが一斉に点灯した。

「わぁ、綺麗」と大輝と琴音がほぼ同時に歓声を上げた。

「実はパパも見るの初めてなんだけれど、評判のイルミネーションだと聞いてここにしたんだよ。ほんと綺麗だね」

しばらくイルミネーションを見てから、先ほど予約した鉄板焼きの店に行き3人で食事をした。しばらく見ないうちに大輝はなんでも食べるようになった。大輝と琴音のそばにいたいな、東京に帰りたいなと思ったが、今の仕事を投げ出して帰るわけにはいかない。これからはできるだけ、帰省する頻度を増やそう。とりあえず年末年始は東京でゆっくりしたい。

「さて食事も終わったので、いよいよ今日一番のものを見にいこう」

「えー、もっとあるの？」

「そうだよ、車に乗って10分くらいかな。実はパパも行ったことないんだけれど、凄いらしいよ」

「何がすごいの？」

「それは行ってからのお楽しみ」

3人でTYPE Rに乗り、高台にある国頭《くにがみ》森林公園まで10分だ。駐車場に車を停めた。車を降りて3人で空を見た。夥しい数の星が3人の頭の上に降ってくる。2人は言葉を失っている。しばしの静寂を破って大輝の質問だ。

「沖縄は東京に比べて星が多いの？」

「星の数は一緒だよ。空気が綺麗だからたくさん見えるんだよ」

そう教えられても信じられない様子だ。琴音は空を見たままで声が出ない。

「あっちの方に光る細い雲みたいのがあるよ。あれは何？」

「あれは天の川と言って多くの星が並んでいるんだそうだ。地球がある太陽系は銀河系の中にあって、あの光る細い雲みたいなのは銀河系を中から見ているということらしい。でも大輝にはまだちょっと難しいかもしれないね」

「パパ、よくそんなこと知ってるね」

ずっと黙って空を見上げていた琴音が空を見たまま言う。

「実はこちらで初めて天の川を見て感動した夜にネットで調べたんだ。それまでは知らなかったよ」

それにしても沖縄の星空はいつも圧倒的だ。自分が銀河系の中に存在しているということを意識させられる。

「さあ、帰ろう。大輝、僕らはこんなに大きい銀河系という宇宙の中にいるんだよ。そう思うと東京と沖縄なんてすぐそばにあるようなものだ」

「そうだね、パパ」

部屋に戻り大輝を風呂に入れて、2階に一緒に上がり大輝が眠るまで、星と天の川の話をした。寝顔を見ると今日一日たくさん経験できてよかったね、とそっと声をかけたくなった。下に降りていくと琴音が風呂から上がってきた。2人でラナイに出て冷えたビールを飲んだ。12月だというのに、外は冷えたビールが美味しく感じられる暖かさだ。

「沖縄に来てほんとによかった。ここは素敵なリゾートね」

「まだまだ、クリスマスに向けてこれからいろいろと考えているよ」

「楽しみ。明日はどうするの？」

「朝食をここでゆっくり食べた後、今日通過したルネッサンスのリゾートまで行って、大輝を海賊船に乗せて3時間いろいろと体験してもらうんだ。琴音とその間ホテルをぶらぶらして買い物でもしようか？」

「それいいかも、賛成！」

「じゃあ、そうしよう」

「そうだよ、和希が考えたプログラムは大輝中心なんだから、少しは私のケアもしてね」

「もちろん。大輝が寝てしまったから、今度は琴音のケアもするよ。そろそろ一緒に寝る？」

「そういう意味で言ったんじゃありません」

「そういう意味って、どういう意味？」

「大輝、起きたら困るから」

「琴音が大きな声をあげなければ大丈夫だよ」

「なんの話なのか、さっぱり分からない。大きな声なんか出しません」

琴音はそう言うとさっさとラナイから部屋に入り、ベッドに潜り込んだ。こんな感じで幸せな夜が更けていく。明日から4日間一緒にいることができると思うと嬉しい。


2日目も朝から快晴だ。白と青が基調の明るい1階のカフェでバイキング形式の朝食をとった。

「パパ、パイナップルがすごく甘いよ」

大輝が僕たちの分もとってきてくれた。

「東京で食べるパイナップルは沖縄やハワイで早めに採ったものを東京に送ったものだから、まだ渋味があるんだ。ところが沖縄では完全に熟して甘くなったときに採って食べるので、とても甘いんだよ」

「そうなんだ。沖縄ってすごいね」

朝食の後で、昨日来た道を海沿いにルネッサンスのリゾートまで戻る。僕のシビックTYPE Rも、今までの浦添の周りでいつもぶらぶらしているだけの生活から突然リゾート巡りができる身分になり、エンジン音も心なしか軽快だ。海賊船アトラクションは海賊の格好をした人たちと一緒に船に乗り込んでいろいろな冒険をするらしい。船の中でどんなアトラクションが待っているんだろう。3時間ものアトラクション、大人も興味をそそられるくらいだから、きっと大輝の胸は張り裂けんばかりの期待と不安でいっぱいになっていることだろう。あとでどんなことが起こったのか聞いてみよう。

大輝を海賊船に乗せた後、琴音と僕はホテルの中やビーチを散歩した。ギフトショップで琴音が珊瑚を使った小さなネックレスを手にとって見ていたので、プレゼントした。

「高価なものじゃないし、夏しか使えないと思うけど」

「値段は関係ないよ。とっても可愛いし、今回の沖縄旅行の記念に和ちゃんが私にプレゼントしてくれたことが大事なの。1年中つけてるね。ありがとう」

琴音の返事と早速つけてくれたネックレスを見て気持ちが少し跳ねる。ネックレスを買って、しばらくホテルの周りを散歩してから、海がよく見えるカフェに座って2人でアイスティを飲んだ。紺碧の海、2人でいるカフェ、普段より時間がとてもゆっくりと流れている。でも、東京での大輝と琴音の生活のこと、浦添での僕の話など話しているうちにあっという間に、大輝の冒険が終わる時間になった。2人で下船場所に行って船を待った。船が停泊し下ろされたタラップの上を真っ先に駆け降りてきたのは、やはり大輝だった。

「面白かったぁ、パパありがとう！」と言って、いつものようにぶつかってくる大輝を受け止めて琴音の顔を見ると嬉しそうに笑っている。次は、イルカに餌をあげたり一緒に写真を撮ってもらうプログラムだ。大輝は、はじめはおそるおそる餌をあげていたが、すぐに慣れて楽しんでいる。

「今日の晩御飯はどうするの」と大輝。いつもこんなふうに遊んでやれるといいだろうなと思いながら、今日の夕食の予定を伝える。

「今日はこのホテルの海沿いのテラスでバーベキューだよ。自分で焼きながら肉や魚や野菜を食べるんだよ。美味しいよ」

大輝はわぁと言って喜んでくれた。

「完璧な計画ね」

「2人に喜んでもらえるように調べて計画を立てたよ」

車を売るのも、同じように人に喜んでもらうことだな、と改めて思った。僕は今まで車を買ってもらう人に『夢を売る』というイメージだったが、少々傲慢な考えだった。亀井君と話をするようになって、少し言い方を変えて『喜んでもらう、幸せになってもらう』のイメージにした。今回の旅行の計画もそういう気持ちで立てた。先ほど予約したレストランに3人で入るとテラス席に案内された。夕陽が沈んでいくのが見えるテラスでバーベキュー、贅沢な時間だ。大輝はテラスでの初めてのバーベキューに興奮気味で、食べるのと、真っ赤な太陽と海を見るので忙しい。琴音も楽しそうだ。食事も美味しい。食事の後にデザートのアイスクリームが供されたときに、琴音が僕に少し近づき大輝に聞こえないような声で言った。

「とっても美味しい夕食、ありがとう。でもいろいろと結構高そうだけど、大丈夫？

無理してない？」

「もちろん、安くはないけど、心配しなくても大丈夫。今の生活では食費以外ほとんどお金使うこともないし、お金の心配はないよ。僻地手当も出るしね」

楽しい食事も終わり、名残惜しいけれどリゾートを出発し、オクマリゾートまで戻った。部屋に戻る前にビーチに出て3人で空を見た。やはり凄い。満天の星を見ながら、耳には波の音と海からの風の音、特別な時間だ。

イブの事件

今日は、沖縄をぐるりとひと回りドライブしていろいろと見て回った後に、海沿いのレストランでクリスマスイブを祝う予定だ。琴音と相談して、リゾートを出発して北に向かい、沖縄最北端の辺戸《へど》岬にまず立ち寄ることにした。北上してきた国道58号線から少し海岸側に外れたところに茅打ちバンタがある。車を降りて絶壁の上から海を眺めた。180度以上に広がる真っ青な海と白い波が遥か下の方に見える。さて、午後はここから沖縄を縦断して南へ約120キロ離れた首里城を見学に行く予定だ。太平洋戦争で沖縄に上陸した米軍に追い詰められて、多くの軍人や民間人が自決した南部戦線の歴史を辿る目的で地下壕やひめゆりの塔も訪れてみたい。ひめゆりの塔で自決した女学生の話はあまりにも悲しい。沖縄の綺麗な海と空というだけではなく、沖縄の歴史を知ることは沖縄で働く僕にとって重要だろう。この機会を利用して勉強しよう。

今日も快晴だ。辺戸岬を出発してしばらく走った頃に電話が鳴った。電話は浦添営業所からだ。何かあったのかな、と思いながら車のスピーカーで受けた。

「所長、平良です。休暇のところ申し訳ありませんが、お伝えする方がいいかと思って連絡差し上げます」

「どうしました。何か問題ありましたか？」

「実は今日、11時になっても住内君が来ず、携帯電話も繋がらないので、自宅に電話かけてみたのですが、昨日帰宅後、しばらくしてドラムの講習に行ってくると言って出かけたきり帰ってきていないのだそうです。行方不明です」

「それは大変だ」

「今から探すところですが、自宅と営業所以外に行く場所もなさそうなので困っています。警察に連絡することも考えたのですが、あまり大袈裟になるといけないので、とりあえず手分けして探してみようということになりました。一応、報告だけはと思って所長に連絡させていただきました」

ああそう、じゃあよろしくという事態ではない。

「一度電話切るけれど、すぐにかけ直す」

隣で電話のやりとりを聞いていた琴音が心配そうに僕の顔を覗き込んできた。

「大変そうじゃない。あなたは営業所に行く方がいいと思う。私たちは適当にしているから」

「適当にって、どこで？」

「あなたが住んでいるアパートの近くにショッピングセンターがあるでしょう。そこに行ってランチ食べたりお土産買ったりするから大丈夫。他にも少し見たいところもあるの。営業所の仲間はあなたにとって家族みたいなものだって言ってたじゃない。家族が一人行方不明だったらお父さんは当然一緒に探すでしょ」

他に見たいところ？　どこだろうと思いつつ琴音にありがとうと言って、営業所に電話をした。電話を取ったのは山田さんは亀井さんに代わりますと言う。

「いや、いいよ。今、ちょうど向かっているところで、お昼過ぎには営業所に到着します。一緒に探しましょう。亀井君と平良君にもそう伝えてください」

「えっ、でも。ちょっと待ってください。亀井さんに代わります」

「代わらなくてもいいよ、いずれにしても今から営業所に行って話をするから」

そう言って電話を切った後に大輝に謝った。

「大輝、パパ、仕事に行かないといけないんだ。せっかくのクリスマスイブなのにほんとにごめんね」

「大丈夫だよ、パパ。昨日、海賊さんも『仲間を助けるために力を合わせよう』と言ってたよ。だからパパも仲間を助けなくっちゃ」

頼もしいことを言ってくれる。思わず琴音と顔を見合わせた。

「大輝は偉いね。ありがとう。じゃあ、ママのことを守って2人で遊んでね」

「分かったよ、パパ」

海賊船のアトラクションに参加させてよかったな。少し心配そうにしている琴音に向かって伝えた。

「いつ見つかるか分からないけれど、状況を連絡するよ」

「見つかるといいね。私たちのことは気にしなくていいから」

そうこうするうちに浦添営業所の近くまで来た。僕はまず大輝と琴音にアパートの場所を教えてから海沿いのショッピングセンターに連れて行った。この3階建てのショッピングセンターは40近いレストランやカフェ、200以上のショップ、映画館もあり、1日いても飽きない場所だという。でも、毎日アパートと営業所を往復するだけの僕はあまり行ったことがない。

「映画館もあるし、屋上の展望デッキからは西の海に沈んでいく夕日が綺麗に見えるそうだよ。大輝にサングラスを買ってあげる方がいいと思う」

「分かった。適当に遊んでるから、あなたはもう行って」

アパートの部屋の鍵を渡して車で営業所に移動した。車を停めて事務所に入ったら、3人がテーブルのところに座って話をしていた。

「どんな様子かな」

「所長、休暇のところすみません。家と営業所以外に住内君がいる可能性があるところはないか考えているところです」

平良君は責任を感じているようだ。

「彼と一緒にいる時間が一番長かった僕が何か思いつかないといけないと思うのですが、彼はあまり友達もいませんし、かといって漫画喫茶やインターネットカフェに行くという話も聞いたことはありません。だから思いつく場所がなくて、3人で途方にくれているところです」

「ご両親にはどこか行く可能性があるところは聞きましたか？」

「あまり心当たりがないそうです」

「今までに探した場所は？」

「自宅の周りくらいです」

「自宅はこの近くですか？」

「はい、歩いていける程度のところです」

彼は車も免許も持っていない。遠くには行かないだろう。ご両親によると自転車も持っていないそうなので、僕は3人に方針を伝えた。

「近くから探しましょう。電話帳で近くの漫画喫茶、インターネットカフェの電話番号を調べて電話をかけて、昨夜から住内君みたいな人がずっと滞在していないか聞いてみてください」

番号を調べて手分けして電話をした。8件のインターネットカフェに電話したけれど収穫はない。次にほぼ同じ数の漫画喫茶にも電話したがやはり収穫はない。もう午後2時を過ぎている。琴音と大輝はどうしているかなと考えたときに、まだお昼を食べていないことに気がついた。聞いたら3人もお昼はまだだという。そこで気分転換も兼ねて営業所から少し南に下った海沿いのサンドイッチ店に行って4人分適当にサンドイッチを買ってきた。戻ってきたら、3人は浦添あたりのカプセルホテル、ビジネスホテルに手分けして電話していた。僕らはコーヒーを飲みながら、買ってきたサンドイッチを食べて、電話した。他に何か可能性はないだろうか？　結局3人の努力も虚しく20件近くかけたホテルも全部空振りだった。僕はふと思いついて、住内君がドラムを習っているスタジオの名前を平良君に聞いた。そしてスタジオに電話をかけて住内君の昨日の様子を聞いてみた。そうすると、昨日は住内君が何人かに囲まれていて不穏な雰囲気だったという。でも特に大きな問題には至らず住内君と絡んでいた数人は先にスタジオを後にしたそうだ。そこで『大丈夫ですか？』と声をかけたら、『大丈夫です』と言って帰っていったという。ドラムの練習のときに何かあったに違いない。少しきっかけを掴んだ気がした。

今日はクリスマスイブでお客さんが来る気配もないので、5時には店を閉めて、4人で住内君の家に行った。2階建て木造の家で住内君の部屋は2階だ。彼が失踪してしまったのは大変だけど、こうやって4人で住内君を探すことで皆の連帯感が高まっている。皆、彼のことを心配し、必要としているのだ。玄関のブザーを鳴らすとすぐにドアが開き、お母さんらしき人が顔を出した。住内君の年齢を考えると40歳くらいにはなっているはずだが、30代前半あるいは20代でも通りそうな、少し茶色のメッシュを入れたロングヘアの綺麗な人だ。父親は確か広告代理店で働いているはずだ。父親が忙しすぎて、母親も不在がち、そして住内君は引きこもりなのだろうか？

「こんばんは。先ほど電話致しましたK中古車の浦添営業所の角野です」

「ご心配おかけしています。どうぞおあがりください」

「その後、息子さんから何か連絡ありましたか？」

「いえ、全く連絡がつきません」

「何かヒントになるようなものが残されているかもしれませんので、家郎君の部屋を拝見させていただいてもいいでしょうか？」

「私もあまり入らないように言われているのですが、こんな状況ですからどうぞ。階段で2階に上がって右の部屋です」

そう言われて、住内君の部屋に4人で入った。部屋は意外にも普通で、綺麗に整理もされていた。山田さんと亀井君には電話番号など何か手がかりになりそうなものが残されていないか調べるように指示した。平良君と僕は、2台あるコンピュータを立ち上げて何かヒントになるものが残されていないか調べることにした。勝手にいろいろと触るのは気が引けるが仕方がない。コンピュータを立ち上げるとパスワードを要求された。平良君にパスワードはなんだろうと聞いたところ、営業所のパソコンは本人の誕生日で1225だという。明日じゃないか。住内君の誕生日はクリスマスなんだ。明日、19歳になるのか。1225を入力してみると、パソコンの画面は2つとも開いた。結構単純だなと驚いた僕に、平良君が解説してくれた。

「住内君が言うにはハックしようと思うと簡単なので、どうせ破られるなら絶対に忘れないパスワードの方が便利でいいと言っていました」

そんなことでいいかは疑問だが、とにかくコンピュータは開いた。

「よし一番最近にアクセスしたサイトを調べてみよう」

僕はそう言ってコンピュータを調べ始めたが、意外とすぐに糸口が見つかった。

「これじゃないかな。浦添高校音楽室。確か彼は浦添高校出身だったと思う。そちらのパソコンでは何か手がかりらしきものはない？」

亀井君が調べていたパソコンの方はここ1～2週は少なくともネットには繋いでいないようだ。

「高校は先週から冬休みに入っているし、住内君は浦添高校の音楽室に隠れているんじゃないかな。きっとそうだ」

浦添高校はここから車ですぐだ。行ってみよう。車に乗ってから琴音に電話して状況を説明、夕食は2人で食べて欲しいと伝えた。琴音と大輝は声を合わせて「見つかるといいね」と言ってくれた。車で高校の校門まで行って守衛に事情を話したら構内に入れてくれた。音楽室は校舎の3階にあるという。懐中電灯で足元を照らしながら4人で3階まで行った。階段を上がって左側の奥に音楽室がある。近づくと少しだけ灯りがついているのが外からでも分かる。僕たちが来たからといって逃げることはないと思いながらも、4人ともつい音を立てないように静かに歩いてしまうのがおかしい。入り口の前に4人で立ち、僕がドアノブに手をかけた。中から鍵がかかっているかと思ったが、意外にもすんなり開いた。ドアが開いた音に気がついた住内君が僕らの方を見てどうして？という怪訝そうな顔をした。４人で部屋の中に入って住内君の座っているところまで行った。住内君はパソコンを使って何かしていた様子だった。

「どうしてここが分かったんですか？」

「ここに着くまでの経緯を説明すると長い話になるけれど、とにかく無事でよかった。自宅にも行ったけれど、お母さんも随分心配されていたよ。お母さん若くて綺麗な人だね」

「母が20歳のときに僕が生まれました。でももっと若く見えますよね。時には、お姉さんかと言われることもあります」

僕たち４人も椅子を見つけ、座って話ができる態勢になった。冬休みの高校音楽室の端っこの方で僕らと住内君が円陣を組んで座っている。明かりは住内君の後ろの机の上のスタンドだけという不思議な状況だ。

「どうして昨日は家に帰らなかったの？」

今度は無言だ。少し核心の質問を急ぎすぎたか？と思っていたら、住内君が質問した。

「今日は確か、所長はご家族が来られていてお休みだったのではないですか？　それなのに皆で一緒に探しに来ていただいたのは……？」

「確かに休暇を取っていたけれど、住内君が行方知れずだという報告を昼前に受けて急遽休みを返上して、皆と一緒に住内君を探していたんだ」

「すみません。せっかくのご家族とのクリスマスイブを台無しにしてしまいました」

住内君の返事は消え入りそうだ。

「いや、営業所の仲間は家族みたいなものだから当然のことだよ」

「本当に申し訳ありませんでした……」

「もしよかったら、何があったのか教えてよ。力になれることがあればなんでもするよ」

「住内君がいないと浦添営業所の成績が下がるよ。僕に何かできることがあればなんでもするから一緒にやろうよ」と平良君。

「ありがとう。でも僕はそんなこと言ってもらえるような価値がある人間じゃないです」

それを聞いた山田さんも続けて言ってくれた。

「私も所長がイラストを描くことを提案してくださるまでは、自分はなんの役にも立たない人間だと思っていたのよ。でも最近は私のイラストが営業所の役に立っていることで、ようやく自分の居場所を見つけた感じなの。住内君もこの間まで引きこもりがちだったそうだけど、住内君のSNSの宣伝効果は抜群だよ。若い人を惹きつけてる。後ろ向きのこと言わないで、5人で一緒にやろうよ」

山田さんは変わったな。住内君の表情が少し柔らかくなった。そして小さな声で「ありがとうございます」と言った。

そのとき、亀井君がいいタイミングで次の質問をした。

「ドラム教室が終わった後に何かあったんじゃない？　さっき所長が電話して聞いてくれたときにそんな感じのことを言われたみたいだよ」

これに対してしばらくの沈黙の後、住内君が話し出した。

「実はドラムを一緒に習っていた他の3人のうち2人は僕の引きこもりのこと知っている高校時代の知り合いでした。昨日のドラム教室が終わった後に3人に囲まれ、引きこもりで役立たずのお前がドラム練習なんかしてどうするんだよとなじられました。執拗にいろいろと言われて、なんとなく全てどうでもいいと思ってしまいました。家に帰る気も、営業所に行く気も失せてしまい、高校の頃よくこもっていた音楽室を思い出して、ここに来ました」

「そうだったんだ。ところでひょっとすると他の3人は住内君よりドラム下手なんじゃない？」

「確かにそうだと思います」

「きっと、それが原因だよ。引きこもりだった住内君の方がドラム上手いのが気に入らなかっただけじゃないかな。単純な話だよ」

「そう言われたらそうかもしれません。いえ、きっとそうです」

そこまで聞いて、山田さんは嬉しそうに言った。

「これで解決ね。また皆で仕事しよう。住内君は浦添営業所に絶対必要な人なんだよ。というより、誰一人が欠けてもだめだと思う。皆で練習して住内君が上手くドラムを叩いて、その子たちをギャフンと言わせてやろうよ。そのために私も『ねこふんじゃった』以外も弾けるように練習する。だから演奏も仕事も一緒にしようよ」

もう僕が何か言わなくても大丈夫だ。5人で高校を出るときには守衛さんに丁寧にお礼を伝え、住内君の母親にも連絡した。5人乗るのは少し狭いけれど、皆で僕の車に乗って琴音に電話したら、今パルコシティのレストランで食事しているというので、10分後には着くと伝え、そのまま皆で琴音と大輝に合流した。その結果、全部で7名のクリスマスイブになった。僕はまず琴音と大輝を皆に紹介した。住内君は席に着く前に琴音と大輝に、「ご家族のクリスマスイブを台無しにして申し訳ありません」と頭を下げて謝っていた。そしてイブは思わぬ大人数でとても楽しい夜になった。食事が終わり散会したあとは、オクマまでの2時間弱のドライブだ。大輝は疲れたのか後部座席で寝てしまった。

「せっかくのクリスマスイブだったのに結局仕事になってしまった。ごめんね」

「全然。2人で楽しくショッピングしていたし、展望デッキからの夕陽も素晴らしかったわ。それにも増して和ちゃんが一緒に仕事している人たちとの賑やかなクリスマスイブで楽しかったよ。いい仲間だね。きっと上手くいくよ。皆の話を聞いていると、私も一緒に働きたくなった」

よかった。いろいろあったけれど、いいイブになった。

クリスマスプレゼント

クリスマスの今日は沖縄で一日を一緒に過ごせる最後の日なのでゆっくりと過ごしたい。午前中に首里城を見学して、午後は浦添のショッピングセンターで大輝のクリスマスプレゼントを探すことになった。朝食後、2時間弱の快適なドライブで首里城に到着したのは11時頃だった。450年の歴史を持つ琉球王国の中心だった首里城は14世紀頃に建立されたと伝えられている。第2次世界大戦と戦後の大学設置でほぼ破壊されたが、1980年代後半に復興された。しかし2019年の火事により再びほぼ焼失してしまった。首里城は、古くは明や清の支配を受け、薩摩藩の侵攻に耐えながら独立国家として存続し続けた琉球王国の歴史と、日本軍がアメリカとの壮絶な沖縄戦を戦った沖縄の歴史をずっと見守ってきた。長く熾烈な歴史をかいくぐってきた首里城の再建にかける沖縄の人の切なる気持ちと、未来への希望を感じることができた首里城見学は、予想もしなかった大きな感動を僕に与えた。琴音と大輝もいろいろと感じたに違いない。首里城見学を終えて、浦添のショッピングセンターに到着したのは午後1時を少し回った頃だ。ランチの後で大輝のプレゼントを何にするか本人の希望を聞いた。

「僕、何か楽器が欲しい。パパと同じギターがいいかな」

確かショッピングセンターには大きな楽器店があるので、そこに行けばなんでもあるだろう。一階の案内板で調べようとしていたら、琴音が教えてくれた。

「昨日いろいろと見て回ったけど、3階に楽器屋さんがあるよ」

そこで3人で3階の楽器屋に行ってみることにした。店に入ったら大輝はまずギター売り場に行ってエレキギターを見ている。それからピアノが並んでいる売り場に行き、白いピアノの前に座った。そして驚いたことにピアノを弾き始めた。いつの間に弾けるようになったのか、と思った次の瞬間、その曲がスマホでときどき聴いていたあの曲であることに気がついた。

えっ、どういうこと？

驚いて駆け寄って行く。ずっと混乱したままで、しばし言葉も出ない。

「大輝だったのか」

「何？　僕、パパのために練習したんだよ」

ゆっくりと琴音が近づいてきた。

「大輝が弾いた曲を録音して留守録に残したのは私よ。ほんとは私が『別れの曲』を弾いて、大輝の『青空のエール』と一緒に留守録に残そうと思ったけど、ずっと弾いていなかったので上手く弾けず、ショパンの曲は残念ながらＣＤの音源を使ったんだ。大輝には留守録のことは説明していないの」

なんと、ずっと誰がしてくれたことなのかと思っていたことが、琴音と大輝がしてくれたことだったなんて、想像もしなかった。琴音は説明を続けた。

「とても元気がなかったから、誰かが応援してくれていると思うだけでも少しは和希の役に立つかなと思ってメッセージ送ってみたの。いつかは犯人が私たちだったこと話そうと思ってた。その可能性は全然考えなかったの？」

「いろいろなことが重なり精神的に参っていて余裕がなかったからか、考えもしなかったよ」

ずっとエールに励まされていたのはこういうことだったんだとしみじみ思った。ありがたいことだ。僕はまだピアノを弾いている大輝に声をかけた。

「大輝、プレゼントはどうする？　ギターがいいのかな」と聞いたら、大輝は琴音の方を見ている。

「大輝のギターは初心者向けのものをプレゼントするといいと思う。ごく簡単なキーボードを大輝が『青空のエール』を練習するために東京で買ったの。それから中古でいいから私に電子ピアノを買って欲しい。私もまた練習したくなったの」

「それはいいけど、東京で買う方が輸送料もかからなくていいでしょう」

「いいのよ、私たちも3月には引っ越すから」

予想外の答えで一瞬意味が理解できない。

「どういうこと?」

「だから、大輝と私が3月に浦添に引っ越してくるということよ」

今度は、意味は分かったが、驚きの連続で頭が混乱状態だ。

「でも大輝の小学校は?」

「もちろん、浦添にも小学校はあるわよ」

「それはそうだけれど」

「昨日、時間があったので小学校に連絡して見学に行ってきたの。浦添だけでも結構たくさん小学校があるのよ。和希の今のアパートに一番近い浦添市立仲西小学校は、創立は明治35年なので、なんと120年以上も前からある小学校よ。大輝もそこがいいって。ね、大輝」

「うん、僕はパパと一緒がいいから、小学校は沖縄の小学校に行く」

「えー、ほんと、それはとても嬉しいニュースだ。びっくりしたよ」

あまりに突然の話で喜ぶというよりただただ驚いた。琴音は東京で小学校に行かせて画一にお受験なんかするより、パパと一緒に沖縄で伸び伸びと育つ方がいいと思い、既に琴音の両親には相談して賛成してもらったという。あとは今回の旅行で大輝が沖縄を気に入れば決めるつもりで沖縄に来たと言われて、何も知らなかった僕はまた驚いた。

「それからね、私も働こうと思って、昨日、相談したら、この楽器屋さんで雇ってもいいと言われたの。そうすれば、楽器も店員価格で少し安く購入できるそうよ。沖縄に来たら働いてもいい？」

もう呆れるしかない。やられたなという感じだ。

「もちろん、いいに決まってるよ。その方が僕も嬉しい」

その夜のディナーは言うまでもなく楽しい時間だった。沖縄での生活のこと、琴音の仕事のこと、大輝の小学校のことなど、急に大幅に変更になった未来のことで話は尽きなかった。

結集

年が明けて新しい年を迎える1月は、気持ちも新たに引き締まるのは、日本人特有の感覚だ。12月だけでお客さんに30台の車を買ってもらうことができたのは皆の努力の結晶だ。また業販と呼ばれる中古車業者同士の販売や購入も住内君がきてからは調子がいい。ネットで価格を常にサーチしてくれているので、中古車の買い時、売り時を間違えることなく業績を上げてくれている。レンタカー会社と提携した販売方法も効果的でお客さんにもとても評判がいい。車が売れたときのイラストや音楽ＣＤやＤＶＤもすっかり定着し、皆で演奏することは今や営業所メンバーの大きな楽しみとなった。浦添営業所の変貌ぶりは本社でも評判を呼び、注目を集めている。先日、本社時代の上司の山上営業所長から電話がかかってきて「おめでとう。すごい活躍だな」と言って褒めてもらい、本社での講演まで依頼されてしまった。初めてのことなので自信はないが、今はなんでも挑戦してみようという気持ちになれる。大阪時代にずっと暗闇を歩き続けたことがいろいろと役に立っている。鬱の薬はもう必要なさそうだ。

1月も30台販売の目標をクリアした。業績が飛躍的に向上したため、2月になって城間さんの再雇用が本社で認められた。快挙だ。実は山上所長が強く推薦してくれたおかげだったということがどこからともなく伝わってきた。山上所長には迷惑をかけたのに、支援してくれるなんて感謝しかない。城間さんの復帰は4月からになるが今日営業所に来てくれることになっている。今夜は復帰祝いのパーティだ。城間さんは約束通り午後6時に愛車のオールズモービルで営業所に来てくれた。

「あれっ、なんか前よりシュッとしてません？」と山田さん。

「はい、分かってもらえて嬉しいです。呼び戻してもらえる日は簡単には来ないだろうと思っていたのですが、万が一、呼び戻してもらったときに一人だけ年増の中年太りというのは避けたかったので、年齢はしょうがないけれど、減量は努力しました」

「どうしたらそんなに減量できるのか教えてください」

「デパートではエレベータを使わず上りは必ず階段を使っていました。それ以外にも寝る前に腕立て伏せ、腹筋をして体重を7キロ絞りました。もちろん、飲みすぎや食べすぎには気をつけました」と城間さんが説明した。


その後、久しぶりに城間さんと一緒に営業所のテーブルを囲んだ。皆が集まったときに、城間さんは開口一番、

「角野所長、そして皆さん、浦添営業所の大成功、おめでとうございます。たった半年ですごい成果です。所長はもうカリスマとなっています」

「いや、皆で協力した結果です。素晴らしい仲間に集まってもらい、僕は幸せ者です。それより、城間さん、復帰決定おめでとうございます。挨拶お願いします」

「呼び戻していただく可能性があることは退職時に少し伺っていましたが、正直なところ、実際に、またこれだけ早く、呼び戻していただけるとは夢にも思っていませんでした。

なんとお礼を申し上げていいか分かりません。デパートでの営業も、それはそれで面白い仕事で新しい経験も多く、充実した毎日です。でもデパートの仕事を始めて、やはり私は車が大好きだということを再認識しました。車を売らない生活は考えられません。また浦添営業所に戻って営業所に貢献できるよう、4月までに顧客を開拓しておきます」と城間さんが挨拶を終えた。

「城間さんの復帰は4月ですが、本営業所の革新的進化と城間さんの復帰決定をお祝いする会を今からあるところに行って開きたいと思います。城間さん、一緒に来てください」

「ここじゃないんですか？」

「今日は城間さんと我々仲間のために特別な場所と企画を用意しました。一緒に来てください」

全部で6人なので城間さんのオールズモービル・カトラスと僕のシビック・TYPE Rに分乗し、城間さんには後ろをついてきてもらった。城間さんの車には亀井君と山田さんが乗っている。きっと今頃、2人が付き合い始めたことを報告して盛り上がっているだろう。

エピローグ

いつも使っているスタジオまで10分で到着した。

「カラオケかなと思ったのですが、スタジオというのは予想外です」

そう言いながらスタジオに入ってきた城間さんにマイクを渡しながら伝えた。

「城間さんに歌っていただくのは同じですが、好きな曲を歌っていただくことはできません。城間さんのために、山田さんと平良君が城間さんの得意な曲から2曲を選んでくれました。さあ、聴かせてください」

メンバーは平良君がギター、僕はベースギターを担当する。いつもは打ち込みのドラムだが、今日は住内君が初めて生ドラムを披露する。山田さんもキーボードを練習してなんとか間に合わせてくれた。亀井君だけは「僕は車売るのは得意ですが、音楽的センスはありません」と、録音係と観客の役を引き受けてくれた。城間さんには予想外の展開だ。

1曲目はGrace Metalの『We have a dream』だ。それにしても城間さんの持ち歌が若くて驚きだ。Grace Metalはボーカルが女性のヘビーメタルバンドだ。この曲は僕も知らなかったが、とてもいい曲だ。重厚なイントロが終わった後、静かになったところで、ピアノのアルペジオと同時にボーカルが入ってくる。ここが聴かせどころだ。女性ボーカルで結構キーが高い曲なのでオクターブ下を歌うものとばかり思っていたら、城間さんはなんと原曲のキーで歌っている。

『色のない街　塗り尽くす
光見えない　闇のなか
閉ざされた街　解き放つ』

これまでにもＣＤレコーディングで２～３回聴いたことがあるが、得意曲というだけあってこれは凄い。声はよく伸びて音は外さないし、リズムもしっかりしている。それだけではなく歌詞が心に入り込んでくる。曲の静かな部分が終わり、ドラムとベースとギターが加わりドラマティックな部分に展開していく。

『煌《きら》めく水面《みなも》に　まだ見ぬ未来が　走り出す
虹の彼方に　浦添の街』

歌詞、ちゃっかり浦添を入れてくれている。バンドはまだ上手いとは言えないが、メンバーが一生懸命に演奏し、メンバーに復帰してくれる城間さんが歌う。歌っているときの城間さんは別人だ。演奏しながら僕の眼と鼻の奥が圧迫される。チームワークが素晴らしい。平良君はギターソロのパートも上手くこなしている。２曲目は中嶋カレンの最近のヒット曲「再生」、静かに聴かせるバラード曲だ。それにしても住内君のドラムは、短い練習期間にもかかわらず正確で力強い。住内君は今や引きこもりではなく、演奏でも他のメンバーを立派に引っ張っている。彼もこの営業所の必須のピースとなった。楽しそうに演奏している。メンバーの表情は今日の沖縄の空のように明るい。こうやって皆で一緒に演奏していると、どんな困難でも乗り越えられるような気がする。

ふと見ると高いキーで歌っている城間さんが涙ぐんでいる。城間さんを見ている僕の目の前も霞んでいる。この素敵な仲間6人で4月から新しいスタートを切ろう。

了

後書き

この物語は、何年か前に海外に住んでいた僕が帰国するときに、実際に経験した不思議な出来事をプロローグとして始まる。帰国する日の朝、オフィスの電話に残された謎のピアノメッセージ。この不思議な出来事は、いつかここを導入部とした小説を書こうという動機を僕に残した。ここで語られた物語と違い、僕の物語の謎は未だに、そしておそらく永遠に解けないものになりそうだ。

執筆にあたって車の販売について助言していただいた島津琢磨さん、星野仁さん、沖縄について助言していただいた山田寛一郎さん、島袋充生先生、歌詞について相談にのっていただいたOctaviagraceの実稀さんに心より感謝致します。

解説

高校2、3年の頃だったか、私はいずれ政治家か小説家になりたい、なるだろうと思っていたが、医学部に進んで研究者になってしまった。ウィンストン・チャーチルは一度も絵を描いたことがない人が美術展の選考委員になるのはどうかと問われて、「私は一度も卵を産んだことはないが、卵が腐っているかどうかはわかる」と答えたらしい。私にはこの小品が優れた小説であることがすぐわかる。

国立国際医療研究センター研究所長　満屋 裕明

〈著者紹介〉
木山 空（きやま そら）
大阪生まれ、東京在住の医学生物学研究者。
30代は米国カリフォルニア州で暮らした。

左遷《させん》、最果《さいは》てのパラダイスへ

2024年7月31日　第1刷発行

著　者　　木山空
発行人　　久保田貴幸

発行元　　株式会社 幻冬舎メディアコンサルティング
〒151-0051　東京都渋谷区千駄ヶ谷4-9-7
電話　03-5411-6440（編集）

発売元　　株式会社 幻冬舎
〒151-0051　東京都渋谷区千駄ヶ谷4-9-7
電話　03-5411-6222（営業）

印刷・製本　中央精版印刷株式会社
装　丁　　弓田和則

検印廃止

Printed in Japan
ISBN 978-4-344-94997-3 C0093
幻冬舎メディアコンサルティングＨＰ
https://www.gentosha-mc.com/